こぎつね、わらわら

稲荷神のまかない飯

松幸かほ

おしながき

登場人物紹介

illustration テクノサマタ

加ノ原《かのはら》 秀尚《ひでひさ》

京都の一流ホテルの料理人。26歳。
まっすぐな性格で情に厚い。
なりゆきで仔狐達のご飯を作ることに。

浅葱《あさぎ》

双子の狐。浅葱は活発、
萌黄はおとなしい系。でも、どちらも頑固。
好きな食べ物は、はんばーぐ。

萌黄《もえぎ》

八木原《やぎはら》

秀尚の働いている
ホテルの厨房のスタッフ。
神原は面倒見がよく、
八木原はかなり
横暴なところあり。

神原《かんばら》

薄《うす》緋《あけ》
「萌芽の館」の館長である保育狐。妖力持ちの幼狐達の面倒を主に見ている。物静かだが厳しい。
冬《とう》雪《せつ》
六尾の稲荷。本宮との連絡役であり、「あわいの地」の警備もしている。陽気で人たらしなイケメン。
寿《す》々《ず》
ゆきんこ
陽《かぎ》炎《ろい》
六尾の稲荷。「あわいの地」警備担当。明るく、旨い料理には目がない。秀尚に胃袋を掴まれている。
白狐《びゃっこ》様
本宮にいるという陽炎達の長。白い九尾の狐。とにかく謎な存在。

こぎつね、わらわら

稲荷《いなり》神《がみ》のまかない飯《めし》

Inarigami no
makanai meshi

太陽が柔らかな茜色《あかね》に空を染め始める頃。時折柔《やわ》らかく吹く風に、花々や果実の甘く華やかな香りが乗って運ばれてくる。

梅、桜、藤、紫陽花《あじさい》、さらには萩《はぎ》や桔梗《ききょう》といった花々が咲き乱れ、木々の枝にはリンゴ、ミカン、ビワ、さくらんぼ、桃、梨、柿といった果実がたわわに実る。

それぞれの旬の季節をまったく無視したその様《さま》は、さながら桃源郷《とうげんきょう》のようだ。

「あさぎちゃん、まってー」

「もえぎちゃん、はやく、はやく」

その桃源郷に、愛らしい声が響く。

飴《あめ》色の髪と瞳を持つ二人の小さな男の子は、その手にそれぞれ籐《とう》で編んだ籠《かご》を持っていた。

その二人はかなり存在感のある耳——通常の耳ではない。頭の両脇あたりに、三角形の柔らかそうな毛を持つ犬のような耳があった。

そして後ろには尻尾《しっぽ》がある。

二人はその尻尾を揺らしながら、目的地である畑へと向かっているところだ。

この地は、人間の住まう世界とは薄い膜《まく》で隔《へだ》てられた「あわいの地」である。

神々の住む神界ともまた違い、その狭間《はざま》にあるため「あわいの地」と呼ばれている。

二人の子供はこの地の住人だ。

「もえぎちゃん、きょうはなにをとってかえる？」

「えっとね、いちごはぜったい」

「うん！　ぜったい！」

畑に到着した二人は、やはり季節感を無視して実っている作物を目に考えると、手始めに第一候補らしいイチゴを摘《つ》み始めた。

そしてある程度摘んで、立ち上がった二人は、すぐそばにさっきまではなかった「もの」を見た。

二人は声もなく目を見開いてから、互いの顔を見合わせる。

そっくり同じ顔の二人は同時に、

「「にんげんだ！」」

そう言うと、畑の脇に倒れている人間の許へと駆《か》けつけた。

その人間は若い男で、ここでは雨も降っていないのになぜか濡れているようで、服には泥汚れがついていた。

そして覗《のぞ》き込んだ顔は生きているのか疑わしいほどに白かった。

試しに手に触れてみると、その手は冷たかった。

「つめたい……。もしかして、しんじゃってる？」

こわごわ様子を窺《うかが》う。

「ううん、いき、してます」

鼻の前に手をやると、かすかに息が触れたのでかろうじて生きているのは分かる。

二人は再び顔を見合わせると、

「やかたへ、つれてかえろ！」

「はい！」

すぐさま一致団結《いっちだんけつ》し、二人は倒れていた人間を拾って「館」へと来た道を戻っていった。

一

「オードブル上がりました！」

「はい、オードブルは六番テーブルね」

「デザートプレート、もう上がりますか!?」

「少し待ってください」

ランチタイムの厨房《ちゅうぼう》では、そこはかとなく漂《ただよ》う殺伐《さつばつ》とした空気の中、スタッフが整然とした動きで調理をしていた。

加ノ原秀尚《かのはらひでひさ》が、この「一流」と呼ばれて久しいホテルのメインダイニングに配属されて五年。

元々東京《とうきょう》のホテルにいたが、半年前に同じ系列の京都《きょうと》にあるこのホテルに転勤になった。

それは別に秀尚の希望でもなければ、左遷《させん》というわけでもない。

系列のホテルは東京、京都、福岡《ふくおか》、北海道《ほっかいどう》の四ヶ所にあり、見込みのあるスタッフを他地域のホテルで学ばせる、交換留学のようなことが秀尚の勤めるホテルでは行われている。

つまり秀尚は「見込まれた」スタッフで、言ってみれば出世コースに乗りかけたところだ。

「加ノ原、デザートプレート手伝ったって」

秀尚が担当していた料理を仕上げ、少し手が空いたと見るや、すぐにシフトチーフからヘルプに入るように指示がある。

「はい」

返事をして、すぐに場所を移動し、デザートプレートを作っている神原《かんばら》の許に向かった。

「何を手伝いますか?」

声をかけると、神原はほっとした顔を見せた。

「Aのプレート三つ、お願いします」

「分かりました」

短く返し、言われたデザートプレートの調理に入る。

デザートはパティシエが調理することが多いのだが、パティシエが先日急性虫垂炎《ちゅうすいえん》で入院してしまったため、今はその日のシフト状況で臨機応変《りんきおうへん》に対応することになっている。

「ほんま、助かるわ……。俺、生クリームと相性悪いから」

秀尚が任せられたAプレートは、皿の上に生クリームで二重の縁飾りを描くものだ。多少複雑な模様の縁取りなのだがそれを秀尚は難なくこなし、あっという間に仕上げる。

「俺も専門学校時代は生クリームに悪態つきまくりでしたよ。おまえとやっていける気がしねぇ！って」

秀尚は笑って言うと、仕上げたプレートをデシャップカウンターに置く。

「神原、ちゃっちゃとこなせ。できんのやったら、言われた時点で断れ」

神原の作業の遅れを先輩スタッフである八木原《やぎはら》がキツイ口調で咎《とが》める。

「すみません」

神原はすぐに謝り、また作業に戻る。

その神原に「クズが」と追い打ちをかけるように八木原は吐き捨てる。

忙しい時間帯であるため、気持ちの余裕がないのは多少仕方がないとは思う。だが、忙しい時間帯だからこそ、フォローしあえるところはフォローして潤滑《じゅんかつ》に回す、が元々いたホテルでは基本だったので、八木原の物言いに秀尚は盛大に引っかかる。

とはいえ、今それについて論議をするのは時間の無駄だし、そもそも八木原は秀尚がここに来た当初からそういう言動をする人物だった。

「神原さん、気にしないでいいです」

秀尚は神原にだけ聞こえる小声でそう言うと、本来の自分の持ち場へと戻った。

ランチタイムのラストオーダーは午後二時。

それらの料理の提供が終わり、片づけが半分程度終わる午後三時になると、ディナータイムシフトのスタッフが出勤してきて、ランチタイムシフトの秀尚たちと交代になる。

「加ノ原くん、今日、この後、用事ある？」

一緒にロッカールームに引きあげてきた神原が、着替えながら聞いてきた。

「えーっと、五時からキッチンスタジオ借りてるんで、そこで試作品作ろうかと思ってます」

「あ、そうなんや。今日、手伝ってもろたから、お茶でも奢《おご》らせてもらおうかと思ってんけど、どうやろ？」

デザートプレートを手伝ったことを神原は気にしてくれているらしい。

「いいですよ、そんなのわざわざ。手伝うってほどのことしてないし」

「でも、助かったから、気持ち」

神原はそう言ってふわっとした笑みを見せる。

彼の口調は、その笑みと同じようにふわっとして柔らかい。

標準語圏内で育った秀尚には、最初関西の言葉はどれも同じように聞こえていたのだが、最近ではやはりその人によっていろいろとニュアンスが違うのが分かる。

その人となりのようなものが、やはり表れるのだろう――いや、当然のことかもしれないが。

「あー、じゃあ逆に聞きますけど、神原さん、今日この後予定あります？」

「ないよ。家に帰って、洗濯するくらい」

「だったら、五時にキッチンスタジオに来てくださいよ。そんで、試作品の批評してください」

　秀尚の言葉に神原は少し驚いたような顔をした。

「ええけど、それ、お礼にならへんことない？　俺が一方的においしい思いするだけで」

「おいしいかどうかは分かんないですよ。それに、キッチンスタジオで一人黙々と作業っていうのも、ちょっとつらいっていうか、話し相手欲しいんで」

　秀尚が言うと、神原はどこか苦笑めいた表情をしつつも頷いた。

「分かった。そしたら、五時に」

　こうして約束をして、互いに一旦《いったん》家に戻った二人は五時にキッチンスタジオの入り口で待ち合わせた。

　キッチンスタジオというのは、料理教室などに使用されるレンタルキッチンスペースだ。

　本格的な調理道具が備えつけられていて、秀尚は何度かここを借りている。

　今、住んでいるアパートは簡易キッチンしかないうえ、オーブンなどもないので、レシピの試作ができないのだ。

それで、同じように一人暮らしをしているスタッフに聞いたところ、ここを始めとしていくつかのレンタルキッチンスペースを教えてくれた。

その中で一番アパートから近いのがここだった。

「試作品って、今度の新メニューのやつ？」

借りたキッチンスペースに入ると、神原が聞いてきた。

「そうです。神原さんは、何か出します？」

ホテルでは季節ごとにメニューが入れ替わるのだが、その際に、新メニューの募集がある。厨房スタッフなら誰が応募してもよく、できがよければ採用してもらえるのだ。

東京にいた頃から、秀尚は思いつくものがあればできるだけ応募してきた。これまでに採用されたのは一度だけ、それもワンシーズンのみだったが、それでも凄いことなのだ。

「いや、俺は考えてへんから。年に一回、出すか出さんか、くらい」

「そうなんですね。神原さんが出す時、試食させてくださいね」

言いながら、家で準備してきたパイ生地を冷蔵庫に入れる。

「今、入れたん何？」

「パイ生地です。パイ生地作りからここでやったら凄い時間かかるんで、生地だけ昨日作って冷蔵庫に入れといたんです」

「てことは、試作はデザート？」

「いえ、前菜の予定です」

秀尚はそう言って、これからここで準備をする食材を並べ始める。

リンゴ、ヨーグルト、卵、エビ、イカ、ソラマメ……など、いろいろなものが机の上に鎮座《ちんざ》する。

「パイ系の前菜か。おもしろそう」

神原はそう言うと完全に見学タイムに入るつもりなのか、部屋の端に並べてあるイスを取ってくるとそこに腰を下ろす。

「加ノ原くんは、製菓の専門学校出たんやろ？」

「はい。調理科のある高校出た後、製菓の専門で二年勉強しました」

「せやったら、パティシエとかショコラティエとか、そっち目指すつもりやったんちゃうん？」

神原の言いたいことは分かる。

調理科のある高校を出て、そのまま就職という道を選ばず製菓の専門学校に通ったのなら、目標はパティシエやショコラティエというのが普通だ。

だが、秀尚が採用されたのはパティシエ枠ではなく、普通のシェフ枠だ。

「あー、ちょっと長くなるけど説明します？」

仕込み作業をしながら秀尚が問うと神原は頷いた。それを見て秀尚は話を続ける。

「うちの、母方のじいちゃんとばあちゃんが洋食屋やってたんです。けど、子供は母親も含《ふく》めてみんな料理人にはなんなくて。俺はちっちゃい頃からじいちゃんの店によく行ってたんで、自然と将来はじいちゃんみたいな料理人になりたいなーって思ってて、それで調理科のある高校に進んだんですよね。そんで、三年になって、進路を決める時に『じいちゃんの店で働きたい』って言ったんです。まあ、じいちゃんも薄々は俺の希望に気づいてたみたいなんですけど」

「で、今ここにいるってことは、断られたん？」

そう取るのが妥当《だとう》な流れだろう。だが、秀尚は頭を横に振った。

「いえ、じいちゃんはＯＫしてくれたんですけど、若いうちにいろいろ勉強しといたほうが将来役立つって言われて、それで、専門学校に進んだんです。ただ、専門学校の一年の途中でじいちゃんが脳梗塞《のうこうそく》で倒れて」

「もしかして、亡くなって？」

問う神原の表情は少し曇《くも》った。

「いや、生きてます。ただ、右側にちょっと麻痺《まひ》が残ったんで、今までみたいに店に立ち続けんのは無理だってなって引退して。店は今、ずっと働いてくれてたお弟子《でし》さんが続けてくれてます」

秀尚が言うと、神原は複雑そうながら、ほっとしたような顔をする。

「よかったって言うてええんかどうか分からんけど……、生きてはってよかったと思う」

「はい。それは俺も。けど……じいちゃんと店に立ちたかったから、じいちゃんがいないなら店で働くのもなんか気のりしなくて……それで、ホテルへ」

秀尚が話し終えると、神原は納得したように頷いた。

「そうやったんや。製菓専門出てんのに何でやろって思ってたけど、おじいさんの助言やったんやなぁ」

「おかげさまで、いろいろ役立ってます。専門学校時代は、生クリームが思ったように形になんないわ、イースト菌によるストや暴動にあうわ、でマジギレしまくりでしたけど」

笑って話しながらも作業の手は決して止めない。

具材の準備と並行してオーブンの余熱を始め、冷蔵庫から寝かせていたパイ生地を取り出した。

「あ、緑色……」

打ち粉をした台の上に取り出したパイ生地を見た神原が、驚いたように言う。

取り出したパイ生地は緑色で、挟《はさ》み込んだバターと幾重《いくえ》にも綺麗な層を描いていた。

「ほうれん草のペーストを混ぜ込んであるんですよ。俺、小さい時、結構好き嫌い多くて……じいちゃんとばあちゃんが、克服《こくふく》できるようにあの手この手でいろいろ食べられるようにしてくれたのを、今回応用させてもらってます」

「ほうれん草、苦手やったんや？」

「家で食べた時に子供の舌にはエグみが強かったからだと思うんですよね。そこからほうれん草に似た形のものは全般的にアウトになって。……ばあちゃんがまず、パン生地に混ぜてくれて……」

パンになると、ほうれん草の味はほとんど感じない。

そこから徐々に慣らしていって、最終的にはほうれん草の料理は何でも大丈夫になり、ほうれん草を克服する頃にはダメだった葉物野菜のほとんどが大丈夫になった。

「パンをパイ生地に応用？」

「そうです」

パイ生地を型抜きして、望む形に重ねてテンパンに並べていく。並べ終わる頃にちょうどオーブンの余熱が終わり、生地を入れて焼き始めた。

「焼ける間に、具材の調理……っていうか、エビとイカとソラマメは簡単にボイルするだけなんですけどね」

「ボイルしてパイ生地に載せて、ソース？」

「シンプルでしょ？」

「その分ソースでオリジナル感出すん？」

「そのつもりです。で、ソースでちょっと悩んでて、二種類作るんで、試食してどっちがいいか意見聞かせてください」

「俺の意見でええん？　『いけず』言うかもしれんで？」

笑って神原は言う。

「本当に『いけず』を言うつもりなら、今言わないですよ。にっこり笑って任せとけ、みたいに言って、いまいちなほうを絶賛すると思います」

「あ、そうか……失敗したなぁ」

やっぱり笑って言う神原に、

「神原さんの口調って、なんか、ほっとしますね」

と、前から思っていたことを言う。

「そう？　あー、俺、出身、京都とちゃうからかな？　それ抜いても同級生から『なんかオネエっぽい』って言われたことあるし。俺、姉ちゃん二人と妹一人の四人姉弟《きょうだい》やから、その影響かもしれん」

「なんか、凄い羨ましい構成なんですけど」

「そんなええもんでもないけどなぁ……」

神原はそう言って首を傾《かし》げた。

「神原さんの出身、奈良《なら》でしたっけ？」

「そう。奈良の北部。同じ奈良でも、南に行ったら、またちょっとちゃうよ」

「同じ関西でもそんなに違うもんですか?」

「関東の人からしたら、分からんくらいかもしれんけど、発音のニュアンスとか、語尾とか、ちゃうこと多いかな」

「語尾。大阪《おおさか》だったら『でんがな』とか?」

秀尚が言うと神原は笑った。

「それは、大阪でもごく一部の人しか言わんと思う。京都で『どすえ』も、普通やったら滅多に言う人いてへんやろし」

「……俺、こっちに来た当初は、全部おんなじように聞こえてたんですけど、そういう出身地域の差を除いても、やっぱりその人の性格っていうか、そういうので全然違いますよね」

「それは……どこでもそうちゃう?」

「まあ、そうですけど……同じ指示を出されても、八木原さんに言われたらなんかむかっ腹《ぱら》立つっていうか。今日だって神原さん、デザートプレートだけをやってるんじゃなくて、みんな作業が詰まってて、やっと神原さんだけが手が空いたからデザートに移ったっていうの分かってるのに、ああいう言い方って」

昼間のことを引き合いに出した秀尚に神原は苦笑する。

「あれは、しゃあないよ。中の事情でお客様を待たされへんし……俺も、もっと早めにへルプ頼んだらよかったんやし」

「でも…それ以外でもいろいろ、納得いかないです。すっげー横暴じゃないですか、あの人。この前なんか、自分が下ごしらえの指示出し忘れてたの、人のせいにして、そのくせチーフには媚《こ》びてるっていうか……」

八木原は自分より立場の弱い後輩たちへの当たりが強い。面倒な作業を押しつけているような雰囲気もあるし、言い返した後輩を十倍以上の言葉で罵倒《ばとう》し返しているのも見た。

しかし、チーフの前ではいい顔をしている。

「パワハラじゃないですか、あれって。なのに、なんでみんな何にも言わないっていうか、黙ってやり過ごしてるんですか？　高い技術持ってるっていうのは認めますけど、東京の厨房じゃ、八木原さんくらいの先輩は何人かいたし……。あの人の下でずっとやれって言われたら苦行って感じです」

「……東京の厨房の話は、八木原さんの前では禁句やで」

苦笑を浮かべていた神原が、ふと真面目な顔で言った。

「東京でなんかあったんですか？　でも、あの人、東京に来たことないですよね？」

東京に来ていたのなら、秀尚も知っているはずだ。それとも秀尚が入社する前のことなのだろうか？

秀尚の問いに神原は少し悩むような間を置いた後、口を開いた。

「今の加ノ原くんみたいに、八木原さんもスタッフ交換で北海道にいてはったことあんねん。そこに東京からのスタッフも来てて……認められたんは東京の人やった。八木原さんは北海道だけで京都に戻ってきて、東京の人は福岡に行って、去年くらいに東京へ戻らはったんちゃうかな」

「あ……依田《いだ》さんだ。あの人は超弩級《ちょうどきゅう》のエースです。次期東京チーフですよ」

神原の言う人物に心当たりがあった。

相手が彼では八木原の分《ぶ》がかなり悪かったとは思うが、人となりを考えれば妥当な結果だろう。

厨房はスタッフ全員の統率が図《はか》れなければならない。

多分、八木原はそれができないとみなされて、京都に戻されたのだろう。

「出世コースに乗るんやったら、二ヶ所のホテルに行ってホームへっていう暗黙の了解みたいなんあるやん？　それから外れたからかなりプライド傷ついたみたいで、チーフもそのあたりを考慮してるんやとは思うけど……」

「じゃあ、八木原さんって、元々はもっと人の当たりがいいんですか？」

「多少天狗《てんぐ》で、派閥《はばつ》を作りたがるとこはあったかなぁ……。でも、今は、一ヶ所だけで戻されたことをみんながバカにしてると思ってるかもしれん。スタッフ交換に出してもらえるってだけでも、凄いことなんやけどな。毎年ってわけでもないやん？」

神原の言うとおり、スタッフ交換は毎年ではない。三年から五年のスパンで、各ホテルから一人、多くても二人だ。該当するスタッフがいなければ出さない場合もある。

その中から二ヶ所めのホテルに向かうことができるのは、本当に一部なのだ。

つまり、それだけ八木原は自信があったのだろう。

「せやから東京からスタッフが来るって聞いて、俺、ちょっと心配してた。加ノ原くんへの当たりがキツイんちゃうかなって」

「今のとこ、大丈夫みたいですけどね」

「うん。せやから、ちょっと立ち直ってきてはるんちゃうかなって」

神原はそう言って柔らかく笑う。

「……神原さんって、前世天使とかなんですか？　なんか、後光が差して見えるんですけど」

感心交じりに言うと、神原は違う違う、と手と頭を横に振って苦笑して返してくる。

だが、そう思えるくらい神原は人間ができているように見えた。

社会に出て、多少矯正《きょうせい》されたというか、一歩踏みとどまれるようにはなったが、秀尚の気性は元来少し荒い――というか、大人しいほうではない。

見た目的には「明るくて快活ないい子」と、子供の頃から近所で言われていたが、男児弟で揉まれたせいか、快活さが少しありがたくないほうに進んでしまった様子だ。

なので、余計にそう思えた。

「俺かて、怒る時は怒んねんで？」

「七十年に一回とか、そういうスパンで、ですか？」

「竹の花が咲くくらいのスパンでたとえられると思わんかった」

神原が笑って返した時、オーブンの焼き上がりを告げる音が聞こえた。その音に、途中から手が止まっていた秀尚は急いでボイル作業に戻る。

焼き上がったパイ生地を冷ます間に、二種類のソースを作る。作ったソースは氷水で冷やし、その間にパイ生地の真ん中の窪《くぼ》みにボイルしたエビとイカ、そしてソラマメを配置する。それから冷えたのを確認してソースをかけた。

「……でき上がりは、こういう感じです」

一方のパイにはタルタルソース、もう一方には隠し味に味噌を加えたソースをかけて、両方を神原のほうに差し出す。

「おー、ええやん！」

神原は笑顔で言いながら、パイをいろんな角度から見る。秀尚は自分の携帯電話を出して、レシピを提出する際に添えるための写真を撮影した。

「じゃあ、いただきます」

神原は行儀よく両手を揃え、フォークで中央からパイを二つに割った。

「外側は焼けて色が分からへんけど、内側は緑色がちゃんと出てる……。エビの赤とのコントラストが綺麗でええなぁ」

感想を言いながら、まずは具材だけを口に運ぶ。それからパイ生地と合わせて食べ、両方のソースの味を食べ比べた。

「どう、ですか？」

「どっちもおいしいと思う。右側のタルタルソースやけど、半分をヨーグルトにして、ピクルスも半量をリンゴにした分、軽さと甘みが前に出て、爽やかな感じがええと思う。左側のは隠し味の味噌《みそ》でコクが出てて、うまみが強い。ただ、色がちょっと濃いから、右と比べると見た目の爽やかさとしては劣《おと》るかなぁ。味はどっちもおいしいから、完全に好みになるけど……俺は左側が好き」

両方の評は概《おおむ》ね、秀尚も同意だった。

「左、か……。俺もこっちが好きなんですよ。俺、小さい時タルタルソースのピクルスが苦手で、じいちゃんがリンゴ足して、味のバランスとるためにヨーグルト混ぜて俺専用のを作ってくれたんです。そしたら、食べられるようになって……。今回は、もうちょっとコクが欲しいかなと思ったんで味噌を足しました」

「加ノ原くんは、愛されて育ったんやなぁ」

しみじみとした口調で神原が言う。

実際、そうだとは思うが、それを認めるのはなんだか照《て》れくさくて、

「好き嫌いが多くて、手が焼ける孫だったと思いますよ。あの手この手で食べさせなきゃ、みたいな」

おどけて秀尚は言う。それに神原も乗ってくれた。

「おじいちゃんとおばあちゃんの職人魂に火を点けてしもたんやな」

「だと思います。おかげで今は食べられないものがないくらい、嫌いなものはないですね」

それに神原は「感謝やなぁ」と言った後、残りの試作品を指差した。

「……もう一個食べてええ？」

「あ、どうぞ。一個と言わず、好きなだけっていうか、具材も、勝手に取ってください」

失敗する可能性も見越して準備できるだけパイ生地を作ったので、具材の載っていない生地もテンパンには残っているし、具材もボウルに残っているので、それを指し示す。

「ありがとう。なんか、小腹《こばらす》空いてきて」

「あ、じゃあ、ここ片づけたら一緒に飯行きませんか？」

秀尚が誘うと、神原は頷いた。

「そしたら、俺、奢る。今日は加ノ原くんにお礼しようと思ってたし」

「そんなの、気にしてくれなくていいですよ。……でも、ゴチになります」

自分から誘ったのに申し訳ない気もしたが、甘えることにして、秀尚は残ったパイ生地に具材を適当に載せて、残り物の処理を兼ねて口に運んだ。

◇◆◇

二日後、秀尚はでき上がったレシピを提出した。

レシピは封筒に入れ、チーフルームに持っていくことになっていたが、秀尚が提出に行った時、チーフは仕入れ業者との打ち合わせに出ていて不在だった。

帰りを待つと、シフト入りに遅刻してしまう。不在時には机の引き出しに入れておくようにと事前に言われていたので、そのとおりにしてシフトに入った。

レシピの締め切りは三日後。

採用レシピの発表はその十日後だ。

もちろん、採用されるレシピがないことも多い。だからあまり期待しないように、平常心で、とは思うのだが、思い出にまつわるものを盛り込んだので、いつもより少し気になった。

だが、気にする余裕があったのは、レシピを出した翌日までだった。

翌々日、以前から体調を崩《くず》していたスタッフが勤務中に高熱で倒れてしまった。

元々パティシエが虫垂炎で入院中であるため、人手が足りなかった厨房の忙しさは、さらに増した。

おかげでいろいろと注意力が散漫《さんまん》になっていたのかもしれない。

「あれ……、開いてる…」

仕事が終わり、ロッカールームに引きあげてきた秀尚は、閉めたつもりだった自分のロッカーの扉が開いているのに気づいた。

「鍵、閉め忘れたん?」

今日も同じシフトだった神原が秀尚の呟きを聞きつけ、問いかけてきた。

「いや……閉めたはずだったんですけど」

施錠《せじょう》はもはや習慣で、これまでかけ忘れたことはない。だから、今日もかけたはずなのだが、習慣での動きはいちいち意識していない分、記憶が不確かだ。

「一応、なんか盗《と》られたりしてへんか確認したほうがええよ」

神原に言われ、秀尚は中に入れていたものを確認することにした。

確認といっても大事なものは財布と携帯電話くらいだ。

そのどちらも無事で、おかしなところはなかった。

「大丈夫っぽいです」

「よかった。もしかしたら、鍵のかかりが甘かったんかもしれへんね」

「あー、そういうこともありますね。どっちにせよ、何もないみたいでよかったです」

「そやね。ここの出入りはスタッフだけやから……身内を疑うん、気ぃ悪いし」

それに頷き、着替えをすませると秀尚は神原と一緒にロッカールームを出た。

「そういえば神原さん、来週から休みですよね。旅行の準備できてます？」

外へと向かいながら、秀尚が聞くと神原は浮かない顔をした。

「まあ……一応は。……けど、この状況で休みもろてもええんかなって、気が咎めてる」

神原は週明けから十日間、休暇を取っている。

理由は姉の結婚式に参加するためで、その姉はフランス在住。挙式もそちらで行われるため、神原の家族は全員渡欧するらしい。

「お姉さんの結婚式なんですから、行かなきゃダメですよ。一生恨《うら》まれますよ」

「せやけど、人が足りてへんのに……」

「大丈夫ですよ。日野《ひの》さん、週明けから復帰って聞いてますし、井川《いがわ》さんも今朝には熱下がったみたいですから、遅くても週明けには戻ってこられると思います」

神原の休暇は何ヶ月も前から申請され、決まっていたものだ。

フランスに行くならついでに見学をさせてもらってこい、とチーフが親交のあるホテルのシェフに連絡を取ってくれていて、日程の最後のあたりは研修を兼ねたようなものなのは、全員が理解していた。

だが不運が重なって、神原が快《こころよ》く出発できない状況になっているのは確かだ。

「大丈夫です、神原さんの分、俺が頑張っておきますから、お土産《みやげ》奮発してください」

できるだけ神原の気持ちが軽くなるように秀尚は言いながら、固めた拳《こぶし》を神原のほうへと向ける。

それに神原は少し笑って、

「そしたら、お言葉に甘えて」

固めた拳を、秀尚のそれに軽く触れさせた。

週明け、予定どおりにパティシエの日野が復帰し、その前日には熱で倒れた井川が戻ってきた。

井川が戻ってきた時点で神原はほっとした様子だったが、日野の復帰をメールで知らせると『今、空港。安心して、行ってきます』と返事が来た。

安心したのは秀尚も同じだ。デザートの仕事は秀尚に回ってくることが増えていて、シフトも結構な無茶ぶりだったのだ。

疲れすぎているからか、眠りが浅いらしく、外を歩く猫の気配か何かだけでも目が覚めてしまっていた。

神原が不在の分、元どおりというわけにはいかないが、それでも一日に二回シフトが入るというような状況からは脱出できた。

これで落ち着ける、と思った矢先、それは起きた。

その日、秀尚はランチタイムのシフトだった。仕事が終わり、ロッカールームへと向かっていた時、従業員用の通路の掲示板にレシピが発表されていた。

採用は一つ。

それは「ほうれん草を使ったパイ生地の、季節の海産物のボイル」。

秀尚が提出したレシピだった。

だが、掲示板に貼られていたレシピ考案者の名前を見て秀尚は固まった。

その欄には「八木原宗佑《やぎはらそうすけ》」と書かれていたからだ。

「え……」

レシピの細かい内容を見ても、どう見てもそれは秀尚のものだった。

——どういうことだ……。

パイ料理としては目新しいものではない。

とはいえ、アレンジした部分がすべて合致《がっち》するようなことがあるだろうか？

添えられている写真のパイ生地の形は少し違うが、それでも、おかしい。

「加ノ原、どうしたん？」

掲示板の前で食い入るようにレシピを見ている秀尚に、同じくランチタイムシフトだったスタッフが声をかけた。そしてレシピを見ているのに気づくと、

「ああ、そのレシピかぁ。シンプルやけど、ようできてるよな」

何も知らない彼が、思ったままを口にする。

「……違う、これは俺の……」

言葉に出した瞬間、一気に頭に血が上った。

そう、自分が作ったレシピだ。

八木原はディナータイムのシフトで、秀尚が上がるのと入れ替わりで厨房に入っていた。

——あの野郎……！

「加ノ原!?」

踵《きびす》を返し、厨房へと駆け出した秀尚に驚き、名を呼ぶスタッフの声が聞こえたがそれに反応する余裕など秀尚にはなかった。

そして厨房に駆け込んだ秀尚は、他の気の合うスタッフと談笑しながら下ごしらえをしている八木原の許へと向かった。

近づいてくる気配に気づいたのか、八木原はふっと秀尚のほうへと顔を向け、そしてあからさまに動揺した表情を見せた。

——こいつ……。

その表情一つで、たまたまレシピが似たわけではなく、確実に八木原がレシピを盗んだのだと確信した。

「てめぇ！　なに、人のレシピ盗んでんだよ！」

秀尚は八木原の胸倉を掴み上げながら怒鳴った。

「加ノ原！」

八木原と談笑していたスタッフが、秀尚の突然の行動に驚いて声を上げる。仕込みで騒がしかった厨房が、一瞬のうちに静まり返った。

「盗んだ、て、何のことや」

少し震えた声で八木原が言う。

「あのレシピだよ！　あれは、俺が提出したレシピだろうが！」

掴み上げた胸倉をさらに捻《ひね》り上げる。

「変な因縁《いんねん》つけてくんな、あれは俺のレシピや！」

「ほうれん草から、ヨーグルトとリンゴを入れたタルタルソース、そこに味噌を混ぜんのまで、全部が一致したレシピを同時に思いつくとか、どんな偶然だっつーんだよ！」

秀尚がそう返した時、

「おまえら、何してんのや！」

厨房に入ってきたチーフが、秀尚と八木原を見て怒鳴った。

その声に秀尚は掴み上げていた八木原の胸倉を突きとばすように乱暴に離す。

「一体、何があってん」

近づいてきたチーフが秀尚と八木原に問う。

秀尚は黙《もく》したまま八木原を睨《にら》みつけ、八木原は頭を横に振った。

「別に、なんでも」

「なんものうて、それでなんで加ノ原がおまえの胸倉を掴んどったんや。加ノ原、理由は？」

チーフは、秀尚に理由を問う。秀尚は少し大きく息を吸い、一度それを吐き出してから、口を開いた。

「俺の提出したレシピと、八木原さんが提出したレシピが、そっくり同じだったんです」

秀尚の言葉にチーフは首を傾げた。

「加ノ原、おまえ今回レシピ出してへんかったぞ」

「え……？」

「今回、レシピを出してきたんは五人だけやった。その中におまえはいてへんかった」

「そんな！　俺、先々週、出しました！　チーフがいなかったんで、言われてたとおり机の引き出しに入れて……！」

秀尚の言葉にチーフは怪訝《けげん》な顔をすると、厨房内を見渡した。

「悠長《ゆうちょう》に手ぇ止めんと仕込みやりや。加ノ原、ちょっと来い」

チーフは言うと、秀尚についてくるように促《うなが》した。そして連れていかれたのは、チーフルームだった。

「レシピ出したん、いつやて？」

「先々週の……木曜です」

「出したレシピの元データとか、あるか？」

「いえ、手書きで……」

秀尚はパソコンを持っていない。ほとんどのことは携帯電話で事足りるし、どうしても必要な時はネットカフェに行けばすむ。

だから、レシピも提出したものだけだ。

「家に帰ったら、試作した時のメモとか、そういうのがあります」

「家に帰ってそのメモをねつ造した、ていう疑惑が出そうなもんはアウトや」

「そんな……」

どうすればいいのか分からなくなった。

だが、あれは自分が出したレシピに間違いないのだ。

「あんな、おまえが何の根拠ものうて、言いがかりをつけるような人間やとは思てへん。それと同じように、人のレシピを盗むような奴やとも八木原のことは思てへんのや。俺が見たレシピの中に、おまえのレシピはなかった。おまえがレシピを出したって言うんやったら、その証拠を出してもらえんかったら、対処できん」

決して責めているような口調ではなかった。

だが、証拠がない以上は「言いがかり」でしかないのだ。

秀尚は必死で何かないか考えて、ふっと思い出した。

「写真なら、あります。レシピに添えた写真、携帯電話で撮ったから」

「見せて」

そう言われ、秀尚は急いでロッカールームに向かった。そして携帯電話を手に、チーフルームにとって返した。

しかし、秀尚の携帯電話の中に料理の写真は一切なかった。

パイ生地のサイズを変えた時や、載せる具材を変えた時などにも撮影をしていたのだが、それらの写真がすべてなくなっていた。

顔を真っ青にして必死で写真を探す秀尚の様子は、あからさまに異様だったのだろう。

「……加ノ原、どないした」

「……ないんです。料理の写真だけ、全部、消されてて……」

「消されたって…、おまえの携帯電話やろ？　おまえ以外に誰が消せるんや？」

確かにそうだ。

だが、携帯電話を他人に触らせるようなことはしていない。

消したとすれば自分以外になかった。

黙した秀尚に、

「とりあえず、おまえが間違いのう提出したって証明できるもんが出てきたら、いつでもええから持ってこい」

チーフはそう言うと、秀尚の肩を軽く叩いて厨房へと戻っていった。

——……なんで…。

あれは自分のレシピだ。

それなのにどうして。

悪い夢を見ているようにしか思えなかった。

だが、夢なら覚める。

しかし生憎《あいにく》これは現実だ。

「なんでだよ……」

どうやって家に戻ってきたのか、覚えていない。

ふっと気がつけば、秀尚はアパートにいて、ラグの上に座っていた。

盗まれたレシピ。

消された写真。

試作をしたスタジオに通っていたことは証明できても、そこで何を作ったのか証明できるものはない。

だが――一人なら、いる。

「神原さん……！」

彼には試食をしてもらった。

神原なら、あのレシピを作ったのは秀尚だと言ってくれるはずだ。

秀尚は神原の電話番号を探して――そして、やめた。

証言はしてくれるだろう。

だが、口裏を合わせたと言われれば終わりだ。

確かな証拠がないのに証言を頼めば――神原の立場が悪くなる。

秀尚はいつかは東京に戻るだろう。

白い目で見られてもそれまでの辛抱《しんぼう》だ。

だが、神原のホームはこっちなのだから、長く居心地の悪い状況に置かれることになる。

それが分かっていて、頼むことなどできなかった。

「写真さえ、残ってたら……」

そうすれば解決するのに、その写真が、ない。

どうして携帯電話から、料理の写真だけが消えてしまったのか。

一体、いつそんなことになったのか。

人に携帯電話を触らせることはないし、基本的にいつも持ち歩いている。

手元から離してるのは、携帯電話の持ち込みが禁止されている厨房にいる時だけだ。

だがその時は、ロッカーに入れていて――。

「あ……」

秀尚は少し前に、ロッカーの施錠がされていなかったことを思い出した。

あの時は施錠をし忘れたのか、それとも施錠はしたものの鍵の回り方が甘くて、何らかの要因で解錠されてしまったのだろうということで納得していた。

だが、あれが故意《こい》に解錠――どうするのかは分からないが、道具があればあの程度の鍵を開けるのは簡単なのかもしれない――されたものだとすれば、その時に携帯電話を操作できただろう。

一応、携帯電話にロックはかけていたが暗証番号は安易《あんい》に誕生日にしていた。

こんなことになるとは思っていなかったからだ。

もちろん、どれもこれも推測《すいそく》でしかない。

だが、そう考えればすべてが繋がる。

繋がるけれど、証明するものがない。

「ちくしょ……」

どうすることもできない絶望感だけが降り積もってきて、秀尚はラグの上に横たわり、胎児のように体を折り曲げて、こみ上げてくる嗚咽《おえつ》を必死でこらえた。


どれほど悲しくても、地球は変わらず回転を続けていて、朝が来る。

今日も秀尚はランチタイムのシフトだ。

昨夜はあのまま、電気を点けっぱなしで寝てしまった。ラグの下は固いフローリングで、そのせいか体のあちこちが痛くて、重い。

その重い体を無理に起こしてシャワーを浴びた秀尚は、ボディーソープを手にして違和感を覚えた。

減りが早い気がしたのだ。

だが、ここには秀尚しか住んでいないし、泊まっていくような友達もいなければ、もちろん彼女などもいない。

「……気にしすぎ、だな」

何かと気が立っているから、些細《ささい》なことでも気にかかってしまうのだろうと納得して、秀尚は身支度をすませ、いつもどおりに出勤した。

だが、厨房の空気はいつもと違っていた。

いつものように挨拶《あいさつ》をすれば挨拶が返ってきたが、どこかよそよそしく、皆、秀尚と近しいと思われたくないとでもいうように思えた。

その様子で、昨日の騒ぎが知れ渡っているのが分かった。

秀尚が自分のレシピだという証明ができないので、一方的に言いがかりをつけたということで決着しているのかもしれない。

そう思うと悔《くや》しいが、証明できないのだから仕方がない。

たとえ祖父母との思い出を語ったところで、後付けだと言われれば反論もできないからだ。

不幸中の幸いは、しばらくの間八木原とはシフトが被らないことだろう。

もし同じ時間に入っていたら、冷静に仕事などできる気がしなかった。

――仕事は、別。

プロの料理人なのだから、厨房に入れば、目の前の料理に最善を尽くすこと。

そうするしかない、と分かっていた。

分かっていたのだが、気がつけば、どうすれば自分のレシピだと証明できるか考えてしまっていて、細かなミスを連発していた。

「加ノ原くん、これ、ソース載ってない」

デシャップカウンターに置いた料理を見たウェイターに指摘され、秀尚は慌ててソースをかける。だが慌ててしまったので、皿の余計なところにまでソースが飛んでしまった。

「あっ」

「落ち着いて。飛んだとこ、軽く拭いたらええだけやから」

それだけで取り返せる簡単なミスだ。

とはいえ一度や二度ではなくミスを繰り返し、落ち込んだ。

一日だけのことならば、周囲も大目に見てくれる。

だが、秀尚は三日経《た》っても立ち直れてはいなかった。むしろ、悪化していた。

準備する食材の切り方を間違えたり、作るソースの種類を間違えたり、あげく、

「……あっ」

盛りつけを終えた皿をデシャップカウンターに移動させる時、手が滑《すべ》り、床に落ちた。

ガシャン、と音がして皿が割れる。

「すみません！」

秀尚が慌ててしゃがみ込み食器を片づけようとすると、チーフが歩み寄ってきて、その手を掴んだ。

た。

そう言うと、有無を言わさず、秀尚を厨房の外へと連れ出し、チーフルームへと向かっ
「ええから。誰か、ここ、片しといて」

「え…でも、これ、片づけないと」

「加ノ原、ちょっとおいで」

部屋に入るなり、チーフはそう言った。

「加ノ原、おまえ、明日から一週間休んでええよ」

「え……、いえ、大丈夫です、すみません」

秀尚は慌てて言ったが、チーフは頭を横に振った。

「大丈夫ちゃうやろ？　顔色悪いし、ちゃんと寝れてへんのちゃうか？」

言い当てられ、秀尚は黙った。

精神的に不安定なせいか、他に誰もいないはずの部屋に自分以外の人がいるような気配を感じてしまうことがある。

仕事から戻ってくると、何もかも出かけた時と変わっていないのに、何か空気が違う。

ロッカーを誰かが開けたように——もちろん、そうではなかったかもしれないけれど、秀尚にはそうとしか思えない——この部屋の鍵も誰かが勝手に開けていたら、そう思うと些細な気配にも目が覚めて、ヘタをすれば窓の外で木の枝が風に揺れて鳴る音でさえ目が

覚めた。

「日野が入院中からずっと、加ノ原には休みなしの連続勤務させてしもてるやろ？　その疲れもあると思う。いっぺん、ゆっくり休んで仕切り直せ。今日はもうピークの時間過ぎてるから、このまま帰ったらええ。次のシフトは決まったら連絡する」

穏やかな物言いだが、反論することを許さないような響きがあった。

「……わ、かりました……。すみません、失礼します」

秀尚はチーフに頭を下げ、部屋を出る。

疲れている、と労《いた》われたと思えればいいのだが、それだけではないことくらい分かる。

覇気《はき》のない仕事をしていれば、それが周囲にも伝染《でんせん》する。

だからこそ、長期の休みを、まだ神原が戻ってきていないタイミングだというのに言い渡されたのだ。

秀尚がいるほうが悪影響だと、そう判断されたのだ。

そんな仕事しかできていないことで、秀尚は自己嫌悪に陥《おちい》った。

二

アパートに戻っても何もする気になれず、秀尚はとりあえずベッドに横たわった。

ずるずると考えごとをしているうちに眠ってしまい、目が覚めたら夜中の三時だった。

帰ってきたのは午後二時過ぎで、それから一時間か二時間、ウダウダとしていた覚えがあるとはいえ、十時間以上眠っていたことになる。

些細な物音で目覚めてしまう最近の傾向を考えると、これほどの長時間続けて眠れたのは奇跡《きせき》に近かった。

——仕事に行かなきゃって思ってたから、眠れなかったってこともあんのかな……。

寝起きのぼーっとする頭でごそごそとベッドから這《は》い出し、隣のリビングへと移動した。

「一週間休み、か……」

それだけの時間があれば、いろんなことができる。

ちょっとした旅行に出てもいいし、久しぶりに実家に戻ってもいい。

けれど、旅行と言われても行きたい場所は思いつかないし、突然実家に戻ったらあれこれ聞かれるような気がした。

かといって、どこにも行かず、ずっと家にいると気の滅入りが深くなるような気がした。

だから、特に行きたいところがなくても家の外に出ていたほうがいいとは思う。

「映画？　買い物？」

見たいものはないし、買い物といっても欲しいものも今は思いつかない。

元々、何か買うといえば仕事で使うマイ包丁などが多くて——今は料理のこともあまり考えたくなかった。

「他に、なんかどこか……すかっと気が晴れそうな何か……」

とはいえ、どうすれば気が晴れるのか分からなかった。

気が晴れないそもそもの原因は八木原なのだ。

八木原さえいなければ、こんな気持ちになることはなかったはずだ。

そう、八木原さえいなければ——。

「……そうだ縁切《えんき》り寺、行こう」

観光キャッチフレーズ『そうだ京都、行こう』的なノリで呟いた秀尚は、携帯電話ですぐさま「京都　縁切り寺」と打ち込んで検索をする。

縁切り「寺」と入力したにもかかわらず、一番に出てきたのは「神社」だったが、紹介されている体験談を読んでみると、かなりご利益《りやく》がある様子だ。

——ここなら、本気で縁切りできるかも……。

これまで秀尚は、神頼みなんて、当てにならないと思っていた。

だが、当てにならないと思っていたそれに縋《すが》りたいと思ってしまうくらい、秀尚は精神的に疲れているんだと自覚した。

自覚するのと同時に、そんな自分を笑いたくなったが、気休めだろうとなんだろうと、家にこもって悶々《もんもん》としているよりは健康的だと自分に言い訳をする。

——ついでにいろいろ、観光してみよ……。

行く気になればいつでも出かけられる、なんて思って、せっかく京都にいるというのに観光めいたことは何もしていなかった。

検索した神社の近くに、いくつか有名な神社や寺、観光名所があるので、時間はいくらでも潰《つぶ》せるだろう。

それこそ、休みの間、ずっと神社だの寺だのを巡《めぐ》ってもいいかもしれない。

どうせ、何かしたいと思ってもらった休暇じゃないのだから。

秀尚は大ざっぱに休憩中の予定を決めたところで、入りそびれていた風呂に入って身支度を整える。

二度寝ができそうな感じではなかったので、出かける準備を整え、始発電車に間に合うようにアパートを出た。

観光地として国内での人気は高かった京都だが、近頃は元々多かった外国人観光客もさらに増え、観光名所はどこも激混みの様相だ。

縁切りで有名だという安井金比羅宮《やすいこんぴらぐう》も、昼間はかなり待つことがあるらしいが、さすがに早朝の境内は閑散《かんさん》としていた。

その境内で一際目をひくのは、どんと鎮座する巨大なモフモフ――に見える縁切りと縁結びの岩、正確には石碑《せきひ》だ。

一見、岩要素はあまり見えないが、それは岩の表面につけられた形代《かたしろ》と呼ばれる願いの書かれた紙のお札のせいだ。

貼られたお札の下、巨石は絵馬の形をしているらしいが、正確な姿はモフモフな札のせいで分からない。ただ、その下の部分がトンネルのようにくり抜かれていて、そこを潜《くぐ》り抜けて、再び戻ってくるらしいのだ。

とりあえず、秀尚は本殿にお参りした後、縁切り・縁結びのための形代を購入した。

社務所が開くのは午前九時からだが、この形代は二十四時間いつでも入手でき、祈願することができる――というのがネットで得た情報だ。

そこには何と縁を切りたいのか、何と縁を結びたいのかを記入するのだが、どう書くかを悩む。

――知り合いに見つかる確率は低いかもだけど、ガッツリ名前を書いて、見られたら問題だろうし……。

『加ノ原、八木原さんと縁切りしたいって神頼みしてたぜ』的な噂《うわさ》になるようなことは避けたい。

よって、秀尚は「自分にとって有害な人間関係」と縁を切りたいことと、「自分にとって有益で心地よいものごと」と縁を結びたい、と書いた。

結びたいほうのものを「人間関係」にしなかったのは、なんとなく、人間関係だけではなくて仕事そのものだったり、場所だったり、そういうことも多く含んだほうがいいかなと思いついたからだ。

——まあ、とりあえず縁切りがメインなお願いだしな……。

秀尚は手の中で書いた札を見直してから、願い事を念じながら岩の下を四つん這《ば》いになって往復し、形代を石に貼りつける。

これで、秀尚の目的は果たされたわけだが、その後、徒歩で行ける圏内の神社をいろいろ巡ることにした。

「……清水寺《きよみずでら》と、八坂《やさか》神社があるのか……」

携帯電話で調べた地図を見る。両者は現在地から見て、それぞれ別の方向にあり、やや考えてから秀尚は八坂神社方面に向かった。

理由は、「清水の舞台から飛び降りるつもりで」という表現によく使われる、高さ十二メートルの場所にある清水寺の本堂の舞台に行って、あらぬことを考えないかと一瞬思ったからだ。もちろん、そんなつもりはまったくないが、とりあえずやめた。

八坂神社で参拝をした後は円山公園《まるやまこうえん》を少しぶらりとして、そこから平安神宮《へいあんじんぐう》へと向かった。

平安神宮でも参拝をした後、来る途中にあったコンビニに戻って朝食を買い、外のイスを借りて食べる。

そこで再び携帯電話でこの周辺の神社や寺などを検索する。

「南禅寺《なんぜんじ》、バスを使うなら金閣寺《きんかくじ》……晴明《せいめい》神社？　え？　安倍晴明《あべのせいめい》？」

検索してみると、それは確かに安倍晴明の神社だった。

子供の頃に映画で見て、よく真似《まね》をして遊んだなと思うと懐《なつ》かしかった。

「時間あるし、全部回ってみるか……」

一人ごち、秀尚は立ち上がると食べ終えた包みをゴミ箱に捨て、歩きだした。


神社や寺の参拝が趣味だとか、御朱印《ごしゅいん》集めが流行《はや》っているだとか聞いていても、正直秀尚には何が楽しいのかさっぱりだった。

だが、参拝してみると、物凄く楽しいとは思わないが、社殿の壮麗《そうれい》さであるとか、庭の美しさであるとか、いろいろと見るべきところは多い。

あと、そういう場所はやはり基本的に「祈りの場所」であるからか、人が多くいて騒がしい中にも一定の静けさがあり、気持ちが落ち着いた。

——……なんか、家に帰りたくないなぁ…。

家に帰ると落ち込む気がする。

というか一人で家にいると、きっと余計なことを考える。

秀尚は家路につくために駅へと向かっていたが、ふっと足を止めた。

——帰んの、ヤメよ。

そう決めると、量販店で着替えの服や下着を買い、ネットカフェに行った。

社会人になってよかったと思うのはこういう時だ。

学生の頃と違って、多少のお金の余裕はあるし、独身で一人暮らしだから、家出だなんだとうるさく心配する家族のことを考えなくていい。

そのことを孤独だと感じる時も来るかもしれないけれど、落ち込んでいる自分を見られたくないというプライドのほうが、秀尚は強い。

ネットカフェで個室ブースを借りると、秀尚は京都の観光地——特に神社や寺などについて検索をかけた。

「やっぱ、いっぱいあるな……」

まとめサイトのようなところに羅列されている神社や寺を片っ端から検索して、興味をそそられるところをピックアップする。

そのままネットカフェに泊まり、そして翌朝、秀尚は調べた神社や寺に向けて出発した。

混み始める前に有名どころに、それから少し遠方にある神社へと向かった。

そこは山の上にある神社で、特に有名というわけではなさそうというか、観光目的のまとめサイトに掲載されるようなところではなかった。

たまたま昨日ネットカフェで目にした、神社や寺を巡るのが趣味という人のブログを見て、妙に気になったので、どうせ時間もあるし、行ってみようと思い立っただけのことだ。

電車と、バスを使って辿りついたのは、人気《ひとけ》のない山道の入り口だった。

木製の、半分字が消えかかった行き先案内の看板で、そこを登っていけば神社があるのだということだけは分かったというか、それしか分からない。

——まあ、行けばあるだろ……。

秀尚は山へと登る道を進み始めた。

軽自動車一台くらいなら通れそうな幅の道は、かろうじて舗装《ほそう》されていたが、それも一体何年前に施《ほどこ》されたものなのか、端のほうは亀裂が入って割れてきているし、かなりでこぼこしている。

その舗装も途中で途切れて砂利道になり、登り始めて二十分ほどした頃、少し開けた場所に出た。

そこには、小さな食堂があった。

普通の二階建ての民家のような造りだが、入り口に「営業中」の看板が下がっていて、ほっとした。

ブログにも書かれていたので、営業していたら、ここで昼食を取ろうと最初から決めていたから迷わず店に入った。

こぢんまりとした店内は、小上がりの畳席が二つ、それ以外はテーブル席が三つと、カウンター席が五つある。だが、店内には客はおらず、七十過ぎくらいの店主らしき男性とその妻らしき老女が畳席に腰を下ろして、壁に据えつけられているテレビを見ているところだった。

「あー、いらっしゃい」

秀尚が入ってきたのを見ると二人は腰を上げる。

「……えっと、いい、ですか？」

「ええよ、ええよ。お客さんいてはらへんから、遊んでただけや」

人のいい笑顔で店主が言い、厨房へと入っていく。その間に老女が水とおしぼりを持って秀尚が腰を下ろしたテーブル席へとやってきた。

「今日は平日やから、うどんかそばしかないんやけど、かまへんやろか？」

老女がにこにこしながら言う。

「あ…はい。じゃあ、うどん…山菜《さんさい》うどんお願いします」

壁に貼ってあるメニューから、目についたものを注文する。

「おじいさん、山菜うどんー」

老女が厨房に向かい声をかけると、奥から「はいよ」と応じる声が聞こえた。

「神社、参らはるん?」

にこにこしながら老女が問うてくる。

「あ……はい」

「関東の人?」

言葉のアクセントで分かるのだろう。秀尚は頷いた。

「転勤で、今は京都で働いてます。……今日は、代休で」

聞かれてもいないのに、代休、と付け足すのは、平日が休みの職業はいろいろあるにしても、深く突っ込んで聞かれるのを避けるためについた癖《くせ》のようなものだ。

「ごめんねぇ。土曜日とか、日曜日やったら、それなりにお客さんいるから定食の準備もするんやけど、平日はお参りする人も少ないから」

申し訳なく思っているような、けれどもどこか明るい口調で老女は言う。

「そうなんですね」

「三年ほど前までは神主《かんぬし》さんがずっといてはったんやけど、亡くならはってねぇ」

老女が言うには、今は常駐の神主はおらず、休日にだけよそから神主が来て祈祷《きとう》などをしているらしい。

その関係上、参拝客も平日は少ないらしいのだ。

——そういやあのブログ記事、わりと前のだったな……。

秀尚も、この店が営業しているかどうか分からないでやってきたのだ。

「お待たせー」

老女と話していると、店主がお盆《ぼん》に山菜うどんを載せて持ってきた。

「ありがとうございます。……おいしそう」

たっぷりと山菜が載ったうどんは、出汁《だし》のいい香りがしていた。

両手を合わせて、いただきます、と言ってからうどんを口に運ぶ。

麺は冷凍のものだろうが、いい香りを漂わせた出汁は、口にすると鰹《かつお》の味が華やかに広がった。

「あ…出汁、凄いおいしい」

「おおきに、よかったわ」

店主はそう言って笑い、秀尚が来た時と同じように畳席に腰を下ろす。気がつけばいつの間にか老女も畳席に腰を下ろしていたが、秀尚を見てにこにこしている。

似ているわけでもないのに、その様子は祖父母を思い出させた。

——この休みの間に、一回、会いに帰ったほうがいいかな……。

そんなことを思いながらうどんを食べていた秀尚だが、ふっと視線を移した時、その貼り紙に気づいた。

それは、今月末でこの店の閉店を告げるものだった。

「ここ、閉めちゃうんですか？」

驚いて、秀尚は二人に聞いた。

その問いに、

「長いこと商売させてもろたけど、もう歳やからなぁ」

店主は笑顔で言い、老女も同じように笑顔で頷いていた。

「そうなんですか……、もったいないですね。うどん、凄くおいしいから……」

秀尚が言うと、店主は、

「そう言うてもらえるうちが花やなぁ」

はっはっはと、笑って返した後、

「やりきった、と思ての閉店やから、寂《さび》しさもあるんやけど、すがすがしい気持ちでなぁ」

そう付け足し、それに先ほどと同じように老女は頷いた。

その様子に、秀尚はやはり祖父母のことを思った。

祖父が急な病で倒れなければ、あの二人は今もまだ店に立っていただろう。

あの終わり方は、祖父にとって不幸なものではなかっただろうか。

それはずっと気になっていたが、聞いたことはなかった。

なんとなく、聞いてはいけないことのような気がしたからだ。

うどんを食べ終え、料金を支払いながら、

「お店、閉まるまでにまた来ます。うどん、もう一度食べに」

秀尚が言うと、

「木曜は定休やけど、それ以外やったらいつでも」

店主が答えた。老女は、やはり笑顔で頷きながら、秀尚に釣りを渡すと、

「……今から、上の神社へ行かはるんよねぇ？」

確認するように聞いてきた。

「はい。そのつもりです」

「気ぃつけて行かな、天気、悪ぅなりそうやわ」

老女がそう言って店の窓の外を見やる。

確かに、来た時よりも雲が多くなっているが、心配するほどではなさそうに思えた。

「下りて、戻ってくるまで天気、もってくれるかな……」

「どないやろなぁ。山の天気は変わり始めたら速いよってに……。あんまり無理せんと、あかんと思たら引っ返したほうがええで」

店主が少し心配そうに言う。

「分かりました、そうします。ごちそうさまでした」

秀尚はそう挨拶をして、店を出た。

少し歩くと、道はうっそうとした木立《こだち》の中へと続いていた。

人気《ひとけ》のない山道は、時折、風に枝が揺れる音や、鳥の羽ばたく音が聞こえる以外、音はしなかった。

その静けさの中を黙々と二十分ほど進んだ時、不意に、ザー……っと水が流れるような音が聞こえてきた。

近くに川か滝でもあるのかと思ったが、そうではないとすぐに気づいた。

雨粒が落ちてきたのだ。

木々の枝葉の隙間を縫《ぬ》って落ちてきているというのに、その量は多く、かなりの雨が降っていることが知れる。

「うわ…どうしよ……」

ブログには山頂近くの神社まで一時間弱だと書いてあった。

半分ほどはもう登ってきているだろう。

行くか、戻るか。

どちらにしても同じような距離だ。

――とりあえず、行こう。

神社まで行けば雨宿りできる場所があるはずだ。

進む決断をして秀尚は再び歩き始める。

だが、やや進んだ頃、異変に気づいた。

雨のせいか霧《きり》が出てきたのだ。その霧は濃く、ともすればほんの少し前の道すら見えなくなるほどだった。

「とにかく急がないと……」

神社までとにかく急ごうと歩みを速めた秀尚だったが、焦《あせ》ったせいで道しるべを見間違えたのか、どれだけ歩いても神社に辿りつけなかった。

というか、どんどん道が細くなって、気がつけば完全に獣道《けものみち》だ。

「ちょ…これ、マジでダメなやつじゃん！」

独り言でも声に出さなければならないほど、不安が押し寄せていた。

急いで来た道を戻ろうとした秀尚だが、雨でぬかるんだ道で足を滑らせ、あっと思う間もなく斜面を転がり落ちた。

ざざざっと下生えの草が剥《む》きだしの腕や顔に触れる。

いくらか転がったところで、斜面の角度が緩《ゆる》やかになったのと、木に体がぶち当たったのとでようやく止まった。

「……あー……」

ため息交じりに声が出せたのは、数秒遅れてのことだ。

ゆっくりと体を起こし、小さく息を吐いてから立ち上がろうとした時、左の足首に激痛が走った。

「痛《い》って……」

あまりの痛みに、秀尚は座り込んだ。

どうやら、足を滑らせた時にやってしまったらしい。

「あー……マジでヤベェ……」

折れてはいない様子だが、立つことさえままならない痛みでは、ただでさえ足に負担のかかる山道を歩くこともできない。

「とりあえず、ちょっと休憩して……痛み治まんの待つか……」

痛みさえましになれば、少しは動けるようになる。

そうしたら、なんとか元の道に戻って——。

「ていうか、俺、今、どこにいるんだろ……」

元の道といっても、そもそも迷って獣道に入ってしまっているので現在地が分からない。

しかも、霧は相変わらず濃くて、自分のいる場所の少し先はもう乳白色に覆《おお》われている。

その上、携帯電話は圏外だ。

「とにかく……体力温存」

焦っても仕方がないと思う。

だが、やまない雨のせいで服が濡れ、体温がどんどん奪われているのが分かった。

こんなことになるとは思っていなかったので、完全に軽装だし、何の準備もない。

せいぜい、昨日着替えた服とタオルがリュックに入っている程度だ。

とりあえずタオルを出し、濡れた体を拭いた後、できるだけ体が濡れないように広げて掛け、雨避けにする。

それも気休めでしかないのは分かっている。

タオル一枚で防げる雨など知れているからだ。

「これ、ガチでマズいパターンかもしんね……」

このまま動けなければ、低体温症を引き起こすかもしれない。

誰かが気づいてくれればいいが、休暇に入っている自分が帰宅していなくても、誰も気にとめることはない。

休み明けに出勤しないのを訝《いぶか》しんで、ようやく……ということになるだろう。

まあ、その場合、大体手遅れだと思う。

「このまま、ここで死ぬのかなぁ……」

予測できる結果の一つを口にした。

だが、現実感は薄い。

それは、死ぬと思っていないから、というわけではなくて、なんとなく、それでもいいかなと思っている自分がいるからだ。

休みが終わって出勤した時、自分を巡る人間関係がどうなっているのか。

レシピを盗まれたことを証明できなかった以上、秀尚は妙な言いがかりをつけたとしか思われていないだろう。

そんな自分を周囲がどう思っているか。

何もなかったふうを装《よそお》うのは、秀尚の性格上無理だ。

東京に早めに戻らせてもらったとしても——何があったか、そのうち知られるだろうと思う。

そうなった時のことを考えると、いろいろ面倒というかわずらわしいことになる気がする。

——気を遣《つか》われんのもヤだし……、自分から説明すんのはもっと違うし……。

それなら、ここで死んでも、それはそれで不可抗力ということでいいのかな、などと思っていると、視界がどんどん狭まっているのにぼんやりと気づいた。

目蓋が、下りてきているのだ。

つまりは、眠い。

正確に言えば眠たいわけではないのかもしれないが、意識を保つのが難しかった。

――「寝るな、寝たら死ぬぞ」って、遭難した時の定番ゼリフだよなぁ……。

そんなことを呑気《のんき》に思いつつも、それならそれでいいか、と秀尚は抗《あらが》わず襲ってくる眠気のようなものに身を任せた。

三

顔に触れる、小さな手の感触と、人の気配がした。

目を開ける気にはなれなかったが、秀尚はその気配を感じながら夢うつつの狭間を漂っていた。

「ちょ……！　おまえさんたち、それ、どうしたんだ？」

驚きそのものの大人の声が聞こえ、それに対して、

「ひろったー」

「はたけにいったときに、ひろったんです」

無邪気で幼《おさな》い声が楽しげに返す。

「拾ったって……、目を覚ます前に早く元の場所に返すぞ！」

大人がややキツめの口調で言い渡すや否や、子供二人は、

「やだ！　ひろったんだもん！」

「ちゃんとめんどうみますから……」

「ごはんも、おさんぽもちゃんとするから！」

「おねがい」

交互に言い募《つの》る。

どうやら、何かを拾ってきたらしいというのは察《さっ》しがつく。散歩と言っているので多分犬だろうと思いつつ、だんだん意識がはっきりとしてきた秀尚はうっすらと目を開けた。

視界に最初に飛び込んできたのは床だ。それで何かの建物の中にいることが分かった。次に認識したのは、三、四歳くらいだろう明るい髪色をした子供の後ろ姿。そしてその向こうには、子供よりも明るいというか、色素が薄い髪色の大人の男が立っている。華やかに整った顔立ちをしているが、細身で、髪だけではなく肌の色も薄いこともあってどこか儚げな雰囲気もあるイケメンだ。

が、その三人の格好に、秀尚は何度か瞬《まばた》きをした。

それというのも、子供も大人も頭にはそれぞれの髪色と同じ立派な犬のような耳と、そしてふわふわの尻尾がついていたからだ。

大人の男の尻尾は一本ではなく、複数ある。ざっと数えたところ六本だ。

瞬きをして、ソレが幻覚ではないことを理解した瞬間、

「えっ？」

思わず声が出た。

——なんだ、ここ？

と、思った秀尚だったが、その声を聞きつけた全員が秀尚を凝視し、子供たちは即座に、

「おきたー」

「にんげんさん、おきたー」

と大喜びで駆け寄ってきて、横たわったままの秀尚に抱きついてきた。

戸惑《とまど》いしかない秀尚だが、

「あああああ。起きちまったのか……」

六本の尻尾の男は頭を抱えると、絶望した！　とでも言いたげな様子を見せた。

正直まったく状況が呑み込めない秀尚だが、とりあえず、寝たままではなんなので、体を起こすことにした。

秀尚の動きに気づいて子供たちは一度軽く離れたが、秀尚が上体を起こすと、その両脇にぴたっと鎮座して、にこにこしている。

顔がそっくりなので、どうやら双子のようだ。

「えっと……ここってどこ、ですか？　コスプレ大会か何かの休憩室的な？」

秀尚の最後の記憶は山だ。

足を滑らせて道を外れ、捻挫《ねんざ》をして動けなくなった。

そのまま眠気に襲われて寝てしまったのだが、三人の格好が——耳と尻尾だけでも普通

じゃないが、着ている衣装も普通じゃない。

学生時代、歴史の授業の教科書で見たような、平安《へいあん》時代だか室町《むろまち》時代だかの衣装に似ている気がした。男が着ているのが狩衣《かりぎぬ》とか言った名前のものだった気がするし、子供たちは作務衣《さむえ》っぽいというか、牛若丸《うしわかまる》が着ていたものの簡易版のように思えた。

子供たちは問題ないとして、大人がそういう格好をしているとなると、推測できるのは、趣味でコスプレを楽しんでいる人ということだ。

——山の中で撮影会か何かしてて、偶然俺を見つけて保護してくれた的な？

精一杯現実的なポジティブ補正をして、耳と尻尾、服装の説明をつける。

だが、そんな秀尚に、男は、

「ここは、あわいの地だ」

と告げた。

「……あわじ？　島？」

——俺、京都にいたはずなんだけどな。淡路島《あわじしま》って兵庫《ひょうご》じゃなかったっけか？

おぼろげに脳内に地図を広げた時、

「違う。『あわい』だ。人界と神界の狭間にある」

男は訂正してきた。

——あ、キャラになりきってる感じ？

関西では普通に一般の人が、まるで芸人さながらにボケたり、ノリ突っ込みをしたりすると聞いていたし、こっちで生活をしていてそんな場面にも遭遇したので、ノリは分かる。

だが、この場合、どうしていいのか対処にやや悩む。

——ここは、ツッコむべきなのか？

「にんげんきたって、ほんと？」

だとしたら、どういう言葉で？　と悩んだ時、
開け放たれていた戸から、仔犬……のように見える動物が二匹、部屋に入ってきた。

「うん、ほんとうだよ！」

「にんげんさんだよ！」

秀尚の両脇に鎮座した子供二人が入ってきた動物に返事をする。

それに、二匹は興奮した様子で秀尚を見て、ピョンピョン跳ねた。

「にんげんいたー！」

「ひさしぶりに、にんげんみたー！」

その光景を見る秀尚の頭の中は、クエスチョンマークが飛びまくりだ。

——喋ってんぞ、こいつら……。

喋る動物。

正直あり得ない。

ありえないので多分、動物型ロボットか何かだろう。

——一人暮らしの老人用に、コミュニケーション型動物ロボットみたいなのが、開発されてるとか何とか、前にニュースで見たことある……。

あれはもっとロボット色の強いものだったが、見た目に可愛いこちらのほうが受けるだろう。

大興奮で跳ねまわる二匹を、そんなことを思いながら見ていると、部屋にもう一人大人が入ってきた。

子供たちよりもやや濃い色合いの、腰まである長い髪の男だった。男だと分かっているのに、しっとり系美人という言葉がぴったりだと思った。この男は普通の着物を着ているのだが、やはり犬のような耳があり、そして四本の尻尾がついている。

「おまえたち、騒ぐのはやめなさい」

男は静かな口調で騒ぐ二匹を叱《しか》った。叱られた二匹はなぜか秀尚のほうにぴゃっと走り寄ると背後に隠れた。

そして両脇にいる子供二人は、新たに入ってきた長髪の男に、

「うすあけさま、にんげんさんひろったの」

「ちゃんとめんどうみますから、ここにおいてください！」

と頼み始める。だが、それに秀尚は即座に言った。

「ここにって、いや、あの、俺、帰るんで、どうぞお気遣いなく」

助けてもらったのだとは思うが、ここがどこかさえ教えてもらえれば、ちゃんと帰ることができる。だが、

「帰れりゃいいんだがなぁ……」

最初から部屋にいた男が腕組みをして、思案顔になる。

「え……？」

どうして帰ることができないようなことを言われたのか、秀尚はさっぱりだ。

さっぱりだが、男の口ぶりで一気に不安が増した。

奇妙な格好をしている人たち。

着けている耳と尻尾はまるで本物のように時折動いている。そういうふうにプログラムされている小物かもしれないが、その精巧《せいこう》さは尋常じゃない。

そして背後にいる喋る動物型ロボットも、同じく本物の動物のようだ。

——もしかしてここって、秘密研究のラボかなんかで、俺、ヤバい組織の実態に触れちゃった、とか？

帰れない理由を推理していると、

「詳しく説明しますが……少し待ってもらえますか」

後から部屋に入ってきた長髪の男が言った。それに頷くと、男は秀尚の後ろに隠れた動

物二匹を抱き上げ、部屋の外に連れ出す。

それからややあって戻ってくると、部屋の戸を閉めた。

そして、秀尚の少し前に正座をする。

もう一人の男はその隣に胡坐《あぐら》をかいた。

「陽炎《かぎろい》殿、どこまで説明を？」

長髪の男が問う。どうやら陽炎というのが最初にいた男の名前らしい。ハンドルネーム的なものかもしれないが。

「ここがあわいの地だってことは言ったが、納得はしてないというか、説明の途中だった」

「では、改めて私から説明しましょうか。……まず、私は薄緋《うすあけ》と申します。そしてこちらが陽炎殿」

「あ…どうも、加ノ原秀尚といいます」

秀尚は名乗り、ぺこりと頭を下げた。

「ぼくは、あさぎ！」

「もえぎ、です」

両脇に座した子供二人も秀尚を見上げて自己紹介をしてくる。

キラキラとした目は飴色で、日本人《にほんじん》にしては明るすぎる色だ。

もしかしたら髪も染めているのではなく自前のものかもしれない。

ということは、ハーフとかそういう感じなのだろうかと思っていると、

「あわいの地というのは、あなたの住んでいる人の世界と、神——あなた方がそう呼んでいる存在たちの住まう世界のちょうど狭間にあります」

薄緋が説明を始めた。正直、めちゃくちゃファンタジーだと秀尚は思った。だが、「またたー」などと突っ込めないような空気感があって、秀尚は言葉の続きを待った。

「私と陽炎殿は稲荷《いなり》なんです」

「……イナリ？」

問い返した秀尚に、

「知らないか？　狐《きつね》の神様っていうか……」

陽炎が説明をしかける。それに秀尚は頷いた。

「あ、稲荷神《いなりがみ》？　お稲荷さん？」

「ええ、それです。正確には私たちが『神』というわけではないのですが……」

薄緋が部分肯定《こうてい》する。

だが、にわかには信じられなかった。

むしろ、奇妙な格好の集団に捕まって、洗脳でもされるんじゃないかという危機感でいっぱいだ。

そんな秀尚の心中を見通したかのように、薄緋が言葉を続けた。

「信じられないと思いますが、一通り説明をさせていただきますよ。私たちは稲荷で、そちらにいる浅葱《あさぎ》と萌黄《もえぎ》、それから先ほどの仔狐《こぎつね》たちは将来稲荷になる可能性を秘めた者たちなんです。そういった仔狐は通常の狐とは育ち方が異《こと》なります。そのため、あわいの地にある『萌芽《ほうが》の館《やかた》』で養育しているんです」

「……はあ……」

いまいち言われていることが呑み込めないというか、信じられない秀尚の返事は曖昧《あいまい》だ。

それに陽炎が口を開く。

「つまり、ここはおまえさんが住んでた世界じゃなくて、こいつらは稲荷の候補生、俺と薄緋殿は稲荷ってことだ。ここまでは理解できるか？」

「理解できるっていうか……信じられるかっていうのと別問題としてなら、言われてる意味は分かります」

秀尚の返事に陽炎は笑う。

「そりゃそうだ。俺がおまえさんの立場でも信じられないって言うだろうな。だが、残念なことに現実だ」

「このあわいの地は、いろいろと不安定で、時々、予期せず人界と繋がってしまうことがあります。その時に迷い込んでくる人もいるんですが……」

薄緋が説明を続ける。

「俺も、じゃあ迷い込んできたってことですか?」

その問いに陽炎と薄緋は渋《しぶ》い顔をした。

「繋がった場所に、たまたまあなたがいた、というのが正しいと思いますが……」

薄緋がそう言った時、浅葱が口を開いた。

「あのね、ぼくたちがはたけに、くだものとりにいったら、にんげんさんがいたの!」

「それで、果物を収穫する代わりに人間を収穫してきたんだよな」

陽炎がため息交じりに言ったが、今度は萌黄が、

「だって、すごくぬれてたから……。おかおもまっしろで、しんじゃうかもってしんぱいで……」

と純粋に人助けだと主張する。

「だから、ふたりでくっついて、いっしょうけんめいにんげんさんをあったためてた!」

そう言われて、秀尚は雨に濡れて、どんどん体温が下がって眠気に襲われたことを再び思い出した。

「えーっと、助けてくれてありがとう」

秀尚はお礼を言って、浅葱と萌黄の頭を撫でる。それに浅葱と萌黄は嬉しそうに目を細め、背後の尻尾がパタパタ揺れて、耳もほんの少し揺れる。

――作りものだったら、すっごいプログラミング技術だよな。

まだ、稲荷がどうのということは信じられなくて、そんなことを思ってみる。

「で、助けてもらったことは本当にありがたいんですけれど……俺、できれば早めに家に帰りたいんです」

このまま嘘か本当か分からない話を聞くにしても、とりあえず自分の主張は先にしておくべきだと思って、秀尚は陽炎と薄緋を見ながら言う。しかし、

「それがそうもいかないいんでねぇ」

陽炎がやや困り顔で言い、薄緋も頷いた。

「そうもいかないっていうのは……」

「勘違いしてもらいたくないいんだが、簡単にできるなら、こっちとしても帰ってもらいたいっていうのが本音だ。だが、おまえさんが元いた世界と、ここは、時間の流れ方が同じようで違う」

陽炎の説明によると、「人の世界」と繋ぐことは割合簡単らしい。だが、秀尚のいた場所と時間に座標《ざひょう》を合わせるとなると難しいらしいのだ。

「来るべくして来たっていうか、こっちから招く場合は最初に座標を固定するから、戻すのも固定した座標を使えるんだが、おまえさんみたいに、偶然来たって場合は無理だ。それでも、この世界での記憶がない状態なら、術で人界と繋いで放り込んじまえば、最後の

記憶の場所に戻っていくんだが……目を覚ましちまったからなぁ」

だから、早く元の場所に返そうって言ったのに、と陽炎はチビ二人を見る。だが、二人は唇を尖らせて、

「ひとだすけしただけだもん」

「しんじゃうかもって、しんぱいだったから……」

と納得がいかない様子だ。

「じゃあ、俺は帰れないってことですか？」

元の世界に、とはなんとなく言いづらかった。

言葉にしたら、自分が異世界に来たことを認めてしまうことになりそうで。

実際にはすでに異世界にいるんだとしても、言葉にするのは怖かった。

「絶対に帰れないというわけでは……。神界にある本宮《ほんぐう》の、私たちの長《おさ》である白狐《びゃっこ》様であれば可能なのですが…」

薄緋が静かに言ったが、言い淀《よど》むような口調だった。

それに陽炎も頷く。

「そう、白狐様なら可能だ。だが、話を向こうに通せば大事《おおごと》になる。できれば内密にすませたいっていうのがこっちの本音でね……」

「申し訳ないのですが、お帰りになれるように策《さく》を探しますから、しばらくこの館にいて

はもらえませんか？」

二人が言う。それに浅葱と萌黄は、

「それがいいよ！」

「そうするのがいいです、きっと」

にこにこして、秀尚の手をギュッと握りながら言ってくる。

——振り払うの、超ためらう可愛さだな、こいつら……。

秀尚は胸の中でため息をつきつつ、しばし考える。

本宮の長だというし、名前に「様」をつけているところから察して、白狐というのは二人の上司にあたるというか、会社で言えば社長的な相手なのだろう。

何かトラブルが起きた時、上司には隠して現場だけで事を収めてしまいたいというのは理解できる。

——とりあえず、白狐って人なら俺を元の場所に戻らせることができるんだよな……？

現場でどうしようもないということになれば、最終的にその人に頼んでもらえるだろう。

二人の言うことが本当かどうか分からないが、どちらにしてもここは承諾しておいたほうがいいだろう。

「……分かりました。しばらく、お世話になります」

秀尚が言うと、浅葱と萌黄は「やったー」と、両手を上げて喜んだ後、すぐにまた秀尚の手をギュッと掴む。

陽炎と薄緋もどこかほっとしたような顔をした。

「じゃあ、残留が決まったところで、とりあえずおまえさんのその服をなんとかするか」

陽炎の言葉に秀尚は、改めて自分の服を見る。

半分乾いてはいるが、泥だらけのままだ。

「うわ…酷《ひで》ぇ」

「私のものですが、着替えをお持ちします。少し待っていてください」

薄緋はそういうと部屋を出ていき、ややあってから作務衣を持って戻ってきた。

「取り急ぎ、こちらを」

「ありがとうございます、お借りします」

礼を言う秀尚に薄緋はふっと笑った後、浅葱と萌黄に視線を向けた。

「二人とも、着替えをされる間、外に出ておきましょう」

「「はい」」

二人は綺麗にハモって返事をすると、握っていた秀尚の手を離し立ち上がる。秀尚も着替えのために立ち上がろうとしたが、体重をかけた途端左の足首に激痛が走った。

「痛って……」

くじいたことを忘れて体重をかけた分、痛みが酷く、思わずその場にうずくまった。

苦鳴をあげた秀尚に陽炎がすぐに近づき、膝をついて様子を窺う。

「どうした」

「……左足、捻挫してたの忘れてて…」

秀尚が言うと、ちょっと見せてもらうぞ、と言って陽炎は自分の手が汚れるのもかまわず秀尚のジーンズの裾をまくり上げた。

「こいつは随分腫《は》れてるな。ちょっと待ってな」

怪我の具合を確認した陽炎は、立てた人差し指で空中に何かを描いた後、その手を秀尚の足首へと押し当てた。そして、何やら呪文めいた言葉を呟く。

一瞬、足首に小さな痛みが走ったが、

「これでいいだろう。立ってみろ」

陽炎に促されるまま、おそるおそる立ち上がる。そして、体重をかけてみたが、痛みはまったくなかった。

「え…マジで、すげぇ、痛くない！」

「そうか、よかったな」

「気功《きこう》とか、それっぽい技ですか、今の」

あれほど腫れていたのに、まったく痛みがないのが不思議で、感動して問う秀尚に陽炎は苦笑した。

「気功、ねぇ……。一応、稲荷なんでね、俺も。簡単な怪我や病くらいなら治せる」

「……本当、だったんですか。神様って……」

秀尚の言葉に陽炎は一つため息をつく。

「正確には神使《しんし》って言うんだが、おまえさん、信じてなかったのか？」

「信じてなかったっていうか、半信半疑というか……。とりあえず、すぐに帰れないってことだけは理解しましたけど、理解できないことは考えない方向で」

その言葉を聞くや、陽炎は笑いだした。

「まったく……、存外に肝《きも》が太いんだな。いやいや、気に入った」

「はぁ……、どうもありがとうございます」

一応、神様——ではないらしいが、秀尚から見れば神様みたいなものだ——に気に入られたというのは、礼を言うべきことなのではないかと思って言ってみたが、どうにも違和感が強い。

——つか、本当に神様、なのか？

この期《ご》に及んでまだ百パーセント信じることはできない秀尚だが、とりあえず、そこは考えないことにした。

「陽炎殿、着替えの邪魔になりそうですから、出ましょうか」

薄緋が陽炎に退出を促す。

「ああ、それもそうだな」

陽炎はそう言うと戸口へと向かって歩いていく。薄緋は秀尚を見ると、

「着替えが終わったら、出てきてください。外で待っていますから」

そう声をかけ、浅葱と萌黄とともに部屋を出て戸を閉めた。

一人になった部屋で秀尚は一つ息を吐き、渡された作務衣に着替えた。

四

「こちらが浴場です。仔狐たちは基本的に夕方五時頃から入りますが、朝になるまでの好きな時間に入ってもらって結構です」

薄緋の説明に秀尚は頷く。

着替えを終えて廊下に出てくると、陽炎の姿はなかった。彼の仕事はこのあわいの地の警備で、その仕事に戻ったらしい。

とりあえず不自由しないようにと薄緋によって館の中を案内されているのだが、秀尚の両方の手は、それぞれ浅葱と萌黄の手と繋がれていた。

「おふろは、みんなでいっしょにはいるの」

「およぐのは、きんしです」

浅葱と萌黄も説明を付け加えてくる。

「うん、分かった」

返事をしてやると、二人は嬉しそうににこにこする。

「あさぎちゃんは、よくおよいで、しかられてるよ！」

そう情報を付け足してくるのは、案内の途中からついてきた他の子供——仔狐といったほうがいいのだろうか——たちのうちの一人だ。

ついてきた子供たちにも、耳と尻尾がついている。中には仔狐の姿のままの者も三匹いるが、うち二匹は先ほどの部屋に乱入してきた仔狐だろう。正直、仔狐の見分けはつかないので、よく分からないが。

きゃっきゃとにぎやかな仔狐たちの館の集団案内が終わり、最後に連れていかれたのは八畳ほどの部屋だった。

「滞在される間、こちらの部屋を使ってください。布団はそちらの押し入れにあります」

薄緋の説明に、秀尚が礼を言おうとした時、

「ぼくたちと、いっしょのおへやじゃないんですか？」

涙目で萌黄が問い、

「ずっといっしょがいいのにー！」

浅葱も抗議する。

その声に合わせて他の仔狐たちも「いっしょがいいー！」と声を上げるが、薄緋が一つ手を叩き、

「ダメですよ。加ノ原殿はおまえたちの遊び相手ではありません」

静かな口調で諭《さと》す。

キツい口調でもなんでもないのに、仔狐たちは不満そうな顔をしながらも、はーい、と声を揃える。しかし、その中、

「……ときどき、おはなししたりするのは、いいですか?」

仔狐姿のままの者が薄緋に聞いた。

「加ノ原殿の御都合のいい時であれば……ということでかまいませんか?」

薄緋が秀尚に視線を向けて問う。

「あ、はい」

秀尚の返事を聞くや、子供たちは「やったー!」と再び大はしゃぎだ。

それにまた薄緋が手を叩いて、静まるように促し、みんながにこにこ顔ながらも静かにした後、

「もう夜ですから、外の案内は明日に。お着替えになった服は子供たちのものと一緒に清《す》まし所に洗いに出しておきます」

薄緋は言いながら、持ってくれていた泥だらけの服は手にしたまま、秀尚のリュックを畳の上に置いた。

最初の部屋を出た時、浅葱と萌黄が手を繋ぎたがったのを見て、薄緋が荷物を持ってくれたのだ。

「洗濯……あ、もう一組、お願いしていいですか」

秀尚はリュックの中にあるTシャツなどを思い出し、問う。

「かまいませんよ」

薄緋の返事に、ありがとうございます、と返しながらリュックから洗濯してほしいものを出していた時、秀尚のおなかが空腹を訴《うった》えて鳴った。

「……おや」

結構大きな音で鳴ってしまったので、薄緋にも聞こえてしまったらしいというか、バレてしまっただろう。

「すみません……えっと、ここでご飯とか食べるのって、できますか？」

厚かましいとは思ったが、食べなければ生きていけないので聞いてみた。

すると薄緋は少し困り顔になった。

「ここにいる子の大半は食事を必要としていますので、準備はしているのですが、調理をできる者がいないのです」

準備がある、と聞いてほっとしたものの、引っかかる言葉があった。

「大半は食事が必要って……必要じゃない子も、いるんですか？」

「ええ。私もそうですが、浅葱と萌黄などは『キ』を与えるだけでよいので」

「キ？」

説明してくれたことは分かるが、「キ」がなんなのかが分からなかった。

「そうですね……、分かりやすい言葉で言えば、オーラとか生気とか、そういった感じのものでしょうか。仙人《せんにん》が食べる霞《かすみ》のようなものとでも理解してもらえれば」

「はぁ……、なんとなく分かるような……」

実際には理解できていないが、多分ここで引っかかってしまったら説明が長引くと思えたので、少しは理解できているという体裁《ていさい》を装った。

「私は稲荷ですので、私が作ってしまうとそこに『神気《しんき》』が入ってしまうため、まだ能力に目覚めていない者たちにとっては、毒とまでは言いませんが、あまりよくないのです。それで、人界で調理ずみのものや温めるだけで食べられるものを購入してきてもらう他は、畑の生野菜などですませています。そういったものでよければ……」

薄緋が申し訳なさそうに言うのに、秀尚は提案をした。

「あの、じゃあ俺が料理をしてもいいですか?」

料理のことを考えたくない、とは思うのだが、「食べること」は生きていくのに必須だ。ここにあるというレトルトなどを分けてもらってもいいのだが、簡単なものでもいいから自分で作ったものを食べたい気分だった。

「あなたが?」

「はい。俺、料理人っていうか、ホテルの厨房で働いてるんで、一通りの料理はできるんで……」

「本当ですか⁉」

冷静というか、感情の起伏が少なそうに見えた薄緋が、秀尚の語尾にかぶり気味の勢いで聞いてくる。

「あ、はい」

「……子供たちの分も、お願いすることは可能でしょうか？」

真剣な顔で聞いてくる。わりと困っていた事柄のようだ。

「え、ええ。大丈夫ですけど、えっと、この子たちのは動物用っていうか、普通の人間用の食事より塩分を薄くしたりとかしたほうがいいですか？」

秀尚は仔狐姿のままの子たちを指差す。

「いえ、この子たちは人の姿に変化《へんげ》できないとはいえ、純粋な狐とも違いますから人と同じ食事で問題ありません」

「分かりました。あと、将来的に神様になる候補の子たちらしいんで、肉とか魚とかそういうものは避けたほうが？　ベジタリアン食っていうか、ヴィーガン食のほうがいいのかな」

「いえ、肉も魚も、なんでも食べさせています」

薄緋の言葉に、浅葱と萌黄が、

「ぼく、はんばーぐすきー！」

「ぼくは、かつどんもすきです」

と、好きなものをあげると、他の子や仔狐たちからも「さんどいっち！」だの「ぷりん！」だのと次々に声が上がり、収拾がつかなくなる。

そこでまた薄緋が手を叩いて、みんなを静かにさせたところで、秀尚は今何が食材としてあるのか、道具なども何があるのかを見せてもらいたいと頼んで、厨《くりや》と呼ばれている台所に連れていってもらった。

準備されていたのは、レトルトのご飯を始めとした湯煎《ゆせん》で食べられる食品、お湯を注《そそ》ぐだけのインスタント味噌汁の素と言った、調理を必要としないものがメインだ。

また、塩、砂糖、醤油《しょうゆ》といった基本的な調味料はあるものの、それ以外では明らかにお弁当についてきたと思われる小袋のマヨネーズとソースがいくつかある程度だ。

あとは新鮮なトマトとキュウリがあった。

それらの食材と、あまり使われた形跡はないものの、一応準備されている包丁とフライパンや鍋などの調理道具類をしばらく見て、頭の中で作れそうなものを考える。

幸い、ガスコンロのようなものが据えつけられているので、問題なく調理はできそうだ。

もちろん、通常のコンロとは違って、五徳《ごとく》の下の、本来はガス火が出るはずの場所にあるのは炭だ。使い方を聞くと、使う五徳の上で二度手を叩くと竈《かまど》の神の力で勝手に火が起こるらしく、試しに手を叩いたところ、ものの数秒で炭が真っ赤になった。

「凄いですね」

感嘆する秀尚に、火の加減は声をかければ応じてもらえる、と薄緋は教えてくれた。

「じゃあ、ちょっと料理させてもらっていいですか？」

秀尚は薄緋に許可を取り、食材を手にする。

キュウリは板ずりをしてしばらくおいて乱切りにする。

レトルト食材からはミートボールを選び、肉とタレに分けた。

分けたタレはマヨネーズと合わせて、ざく切りにして炒めたトマトを和《あ》える。

肉は、インスタント味噌汁の味噌に砂糖を混ぜて水で伸ばしたタレで味をつけ直して炒める。

「とりあえず…こんなところかな」

調味料も食材も選択肢が限られているので、満足というよりは、超簡単食しか作ることはできなかったが、レトルトをそのまま出すよりはましだろう、と開き直る。

調理の邪魔になるからと、途中で薄緋が子供たちにそれぞれの食器を持たせて厨の向こうにある食堂に連れていった。十二畳以上は優にあると思われる畳の間の敷居《しきい》のところから、子供たちはみんなこちらを興味津々《しんしん》といった様子で見ていた。

そこにでき上がった料理を運んで並べていくと、感嘆の声が上がった。

「すごーい！」

「おいしそうなにおいがします……」

目をキラキラさせて食卓を囲む。

変化《へんげ》のできない仔狐に合わせて、食べやすいようにワンプレート盛りにしてやってから、みんなで「いただきます」をして食べ始めたのだが、子供たちの食いつきっぷりは凄かった。

「とまと、おいしい！」

「ほんとだ、すごくおいしいー！」

「みーとぼーるもおいしいよ！」

秀尚にしてみれば、味は別として簡素なものしか用意できなかったという気持ちが大きかったのだが、各自に渡した、温めたレトルトのご飯が物凄い勢いで減っていく。

食事を必要としないらしい薄緋は食べる準備をしていなかったのだが、その様子に驚き、

「少し、失礼します」

そう言うと近くにいた子供から箸《はし》を借り、おかずを口にし、そして目を見開いた。

「……あの程度の材料で、こんなにおいしいものを…」

「うすあけさま、おいしいですよね！」

薄緋に箸を貸した子供がにこにこしながら同意を求めるように言う。それに薄緋は頷く。

褒《ほ》められて悪い気はしないのだが、自分的にはかろうじて体裁を整えた程度でしかないので、何となく面映《おもは》ゆい。

「えーっと、食材の調達とかって、どの程度お願いできるものなんですか？」

いつまでになるか分からないが、ここで料理をするなら最低限の調味料も欲しいし、食材も何が準備できるのかを知っておきたいので、聞いてみた。

「どの程度、というと？」

「畑があるみたいなんですけど、今は、何ができてるのかとか、調味料はどんなものを準備できるのかとか……あと、お米もあれば炊《た》き込みご飯とかそういうのもできるんで」

「ここの畑は、人界のものとは違いますから、旬のものは種をまいて三日もすれば収穫できます。旬を外れているものや、米や麦は、一週間ほどかかるかもしれませんが。今は、収穫してそのまま食べられるものしか植えていません」

薄緋の説明に、まるでゲームの世界の畑だな、と秀尚は思う。

「調味料などは、本宮の厨に言えば融通《ゆうずう》してもらえるでしょう。米や麦も、畑で採れるまではそちらから……。必要なものを書き出しておいてもらえますか？　厨にも準備のないものは、人界に向かう稲荷に頼んでおけば買ってきてくれますから……」

それに頷いて、秀尚は食事を再開した。

食事の後、子供たちは薄緋に言われ子供部屋に引きあげていった。普段なら夕食の前に風呂はすんでいるそうだが、秀尚が来たことで浮かれた子供たちは全員、今日の入浴をすませていなかった。

そのため、今日はこれから入るらしい。

子供たちだけで風呂に入れるのは、純粋に溺《おぼ》れるという意味でも、またイタズラをするという意味でも危険なので、監督のために薄緋は子供たちについていった。

残った秀尚は一人、厨で片づけをしていたが、十五分ほどした頃、薄緋が戻ってきた。

「あれ、みんなもう、お風呂出たんですか?」

カラスの行水《ぎょうずい》という言葉があるが、いつもよりも遅い時間の入浴らしいので、急《せ》かしたのかもしれないと思うと、なんだか悪い気がした。

だが、薄緋は首を横に振ると、

「いえ、連絡事のために他の稲荷が来てくれたので、任せてきました」

そう言うと、着物の袂をささっとたすき掛けでまとめ、秀尚の隣に来て片づけを手伝ってくれる。

「手伝いのために、来てくれたんですか?」

驚きつつ問うと、薄緋は当然だとでもいう様子で頷いた。

「そうですが、何か？」

「いえ……、わざわざありがとうございます」

「こちらこそ、礼を言わなければなりません。あんなに食事を嬉しそうに食べるのは最近ではなかったことですから……。最初の頃は誰も、物珍しがって食べるんですが……」

「あー……、市販のものって、どうやっても食べ慣れると味が均一になっちゃうんですよね。安定した味っていえばそうなんですけど、飽きちゃうっていうか」

いつ頃からか、ファストフードも、たまに食べるからおいしいのだと感じるようになった。

その「たまに」の時は無性に食べたくなって仕方がない、という感じになるので、いろいろ不思議だと思う。

「これから、食事が楽しみです。私の分もお願いしていいでしょうか？」

「あ、はい。全然……大丈夫ですけど、薄緋さんは食べなくても大丈夫な人だって聞いた気がするんですけど」

今日も準備をしていなかったから、食べる必要のない人なのだと思っていた。

「ええ、基本的には食べなくても支障《ししょう》はありませんが……子供たちを預かっている責任があります。同じものを食べておく必要があるので」

「ああ、そうですね」

なるほど、と納得しかけたのだが、

「というのは建前で、単純にあなたの料理がおいしかったからです」

薄緋は表情を変えず、しれっと言ってくる。

「そうですか……、ありがとうございます」

秀尚はそう言った後、少し間を置いてから聞いた。

「ここにいる子たちは、みんな、いずれお稲荷さんになるんですか？」

浅葱や萌黄たちのように、人の姿になれるだけの力があるのなら将来的にはそうなるのだろうと思うが、狐姿のままの者の場合はどうなのだろうと、少し疑問だった。

「すべて、というわけではありません。能力の有無が曖昧であっても、可能性があって、他に指導する稲荷が近くにいなければこちらに呼び寄せています。今は素養があっても急に失速する者もいますから……」

「浅葱ちゃんと萌黄ちゃんも、その可能性があるんですか？」

「いえ、あの二人は稲荷になる能力があると確定されているのですが、本宮のほうの養育所に送るにはまだ幼すぎるので、ここに残っているんです」

最初に出会った子たちだからか、そう聞いてほっとした。

「能力が途中でなくなったり、お稲荷さんになれるほどじゃなかった場合は、どうなるんですか」

浅葱と萌黄のことでほっとした反面、そうではない仔狐たちの行く末が今度は心配になった。

「人界の故郷に返しますよ。とはいえ、普通の狐と違い、人の言葉や行動を理解することはたやすいですすので、故郷の群れの長となる者が多いですし、その地の近い場所に稲荷社があれば、その稲荷の許で暮らすこともあります。どちらにせよ、こちらと一度は縁のあった者ですから、折に触れて様子は気にかけていますよ」

そう説明されて安堵する。

ついさっき会っただけなのだが、自分の作ったものをおいしそうに食べてくれていたのを見てしまうと、何となく気になったのだ。

「そうですか、よかった」

そう返し、秀尚はいつの間にか止めてしまっていた片づけの手を動かした。

手伝ってくれたおかげで片づけは思ったより早く終わり、その後、薄緋は風呂から上がっただろう子供たちの寝支度の確認に向かった。

秀尚は書くものを借りて、欲しいものをリストアップしてから部屋に戻った。

厨と食堂、それから廊下には何かの灯りがあったように思うが、部屋は行燈《あんどん》しかなかった。

薄緋が点けていってくれたのか、行燈には火が灯っていた。

秀尚はとりあえず、押し入れから布団を出して敷き、その上に座す。

そうすると、一気に疲れが押し寄せてきたような気がした。

体力的にも多少は疲れているが、気疲れのほうがかなり大きい。

雨に打たれて体力を消耗して、目が覚めたらよく分からない場所で、よく分からない人たちに囲まれていた。

「当たり前、だよな……」

――人じゃないっぽいけどさ……。

話を合わせる意味もあって、稲荷神前提で話をしてはいたが、実は、まだ少し秀尚は信じられないでいる。

嘘をつかれているとは思っていないが、現実感がどこか薄いというか、頭が信じることを拒否している感じというのが近いかもしれない。

「ま、いっか……」

考えたところでどうなるわけでもない、ともっともらしい言い訳をして、秀尚は早急に思考をクローズすると、布団に横になった。

少し休んでから風呂に入るつもりでいたのだが、秀尚はいつの間にか眠りに落ちてしまった。

◇◆◇

翌朝、秀尚が起きたのは朝の五時過ぎだった。

ホテルのシフトがルームサービス用の深夜シフトなどの余程遅い時でない限りは、眠る時間だけは一定にしようと心がけていたこともあって、その習慣でいつも起きる時間に目が覚めたのだ。

「もう、電池の残量もあんまりねぇな……」

携帯電話で時間の確認をしたものの、電池残量は三〇パーセントほどになっている。

充電コードは持ってきているが、コンセントらしきものがないので、多分充電はできないだろう。

まあ、充電ができたところで、圏外のマークが出ているので使うこともないだろう。

秀尚は携帯電話をリュックにしまい、朝食の仕込みのために厨へと向かった。

厨の流し台には、昨夜、リストアップしておいた調味料や食材などの大半が準備されていた。

一緒に手紙が添えられていて、生魚や生肉などの類《たぐい》は、いつの食事に使うのか分からないので準備をしていないが、事前に教えてもらえたら、仕込みに間に合うように送る、と書いてくれていた。

「別に送ってくれても、冷蔵庫……」

言いかけて、秀尚は厨の中を見渡し、気づいた。

冷蔵庫らしきものがないことに。

「……そりゃ部屋の灯りが行燈なくらいだもんな……」

妙な納得をしつつ、秀尚は本宮で準備してくれた味噌の味を確かめた。

「うわ、凄い、いい味噌」

他のどれもいいものばかりで、さすがは神様の食べるものを扱うところのものだな、と感心する。

感心ついでに、すんなりと自分が彼らを「神様」として認識しているのにも気づいた。

――昨夜はまだ、半信半疑って感じだったのにな……。

人間は慣れる生き物だと言うが、本当だな、と思いながら朝食の準備を始めた。

一時間ほどした頃、カラカラ、と厨の扉の開く音が聞こえ、視線を向けると浅葱と萌黄がいた。

「あ、おはよう」

挨拶をすると、

「「おはようございます」」

礼儀正しくぺこりと頭を下げて挨拶を返してくる。そして、たたたっと駆け寄ってきた。

「すごく、いいにおい！」

「いいにおいで、めがさめたんです」

興味津々と言った顔で見上げてくる。

どこかわくわくしている様子も見えて、切り分けていた出汁巻き玉子の切り落とした両端を味見として食べさせてみる。すると二人は目を瞠《みは》って、

「おいしい！」

「おいしいです！」

すぐに感想を述《の》べてくる。

自分の作ったものを「おいしい」と言ってもらえるのは、やっぱり嬉しいなと改めて思った。

「そうか、よかった。朝飯はいつも何時頃に食うんだ？」

「えっとね、みじかいはりが、ななのところで、ながいはりが、いちばんうえにきたら」

浅葱が元気に答える。

「七時か……。あと一時間近くあるな」

壁の時計は六時十分を指そうとしていた。

早くて食事時間は六時半頃だろうと察しをつけていたので、少し余裕ができた。

「はやくたべたいなー」

「たべたいです」

二人が可愛らしく、おねだりするように言ってくる。それに秀尚はにこりと笑って、

「だーめ。朝飯はみんなと一緒に、だ。それより、顔洗ったり、歯を磨《みが》いたりしたか？」

不可を言い渡すついでに、朝の手順を守ったか聞いてみる。すると二人は「あ！」という顔をした。

「ほら、行ってこい。そんで、部屋に戻っていつもの時間に下りておいで」

二人は、不承不承《ふしょうぶしょう》というような顔をしながらも「はーい」と言って厨を出ていく。一人に戻った秀尚は時間配分を考えながら、他のおかずを作り始めた。


朝食の時間に食堂のテーブルに並んだのは、出汁巻き玉子、ワカメの味噌汁、カワハギのみりん干し、かぼちゃの煮物といった、シンプルな和朝食だ。

だが、食堂に入っていく子供たちからは順次歓声があがった。

「すっごーい！」

「ごちそうならんでる――――！」

「大袈裟《おおげさ》、大袈裟」

その中、秀尚は自分と薄緋の分の味噌汁を運んできて言う。だが、それを聞いていた薄緋は、

「いえ…とてもちゃんとした朝食で、ありがたいです」

そう言った後、

「では、手を合わせましょう」

と、子供たちを促す。薄緋の声に、ワイワイと騒がしかった子供たちは定位置につき、急いで手を合わせる。

そして、声を揃えて「いただきます」をして、料理を食べ始めた。

予想どおり、人気の一番は出汁巻き玉子のようだったが、どのおかずも最後には綺麗に平《たい》らげられていた。

「ねぇねぇ、おひるごはんは、なに？」

秀尚の隣を陣取った浅葱が目をキラキラさせて問う。

「今、朝飯食ったところで、もう昼飯の話か？」

笑いながら返すと、浅葱の隣にいた萌黄が、

「あさごはん、すごくおいしかったから、おひるごはんもたのしみです」

やはり目を輝かせて言う。

「そっか、おいしかったか」

素直な感想が嬉しくて、秀尚は手を伸ばして萌黄の頭を撫でる。萌黄は嬉しそうに目を細め、尻尾をふるふると揺らした。

その時、仔狐がつつっと秀尚に歩み寄ってきて、尻尾を左右にぴるぴる振りつつ、秀尚の腰のあたりに頭を押しつけた。

「おー、どうしたー?」

萌黄の頭を撫でる手を止めて、仔狐の頭に触れると、仔狐は頭を上げ、きゅん、と鳴いた。

「あのね、すーちゃんも、ごはんおいしかったって!」

浅葱が通訳する。

「この子はすーちゃんっていうのか。ありがとなー」

礼を言いながら頭を撫でる秀尚に、

「寿々《すず》、というのが本当の名前です。変化《へんげ》も話すこともまだできませんが、こちらの言葉はすべて理解していますよ」

薄緋がそっと説明を添えた。

昨日乱入してきた狐姿の二匹は人語を喋っていたので、どうやら寿々が候補生の中では一番下の様子だ。

——この子も立派なお稲荷さんになれたらいいな……。

稲荷になるほどの能力がなくとも、不幸なことになるわけではないというのは、薄緋から昨日聞いて知っているし、稲荷になることが幸せだとも限らないかもしれないが、それでもできれば、と思った。

「さあ、みんな食べたのなら、ごちそうさまをしましょうか。寿々、そこでいいですよ」

急いで自分の場所に戻ろうとした寿々を薄緋が止め、そこでみんなで「ごちそうさま」をして朝食を終える。

子供たちはそれぞれにやることがあるが、それ以外は基本的に自由時間になるらしく、子供部屋に引きあげていった。

というか、みんな秀尚と遊びたそうにしていたが、秀尚は片づけや昼食の仕込みの段取りなどがあるので、薄緋が半ば無理やり部屋に戻らせたのだ。

朝食後の洗い物などは昨日と同じく薄緋が手伝ってくれ、リストにあった食材のうち準備のできていないものは、今、仕事で人界に出向いている稲荷が買ってきてくれる手はずになっていると教えてくれた。

「本宮の厨は和食しか作りませんから……、用意のないものもいろいろとあって」

薄緋が言う。

「あ、じゃあこっちも和食中心のほうがいいですか？　カレーとか、パスタとか、子供が好きそうなんでそのうち、と思ってたんですけど」

昨日、あがっていた好きな料理にハンバーグなどがあったので、洋食もＯＫだと思っていたのだが、和食縛りだとレトルトの選択肢が狭まるから許可していただけで、本来は好ましくないのかもしれないと思った。

「いえ、厨では作らないというだけで、外に出る稲荷は食べる必要がなくとも好きなものを食べているようですし、土産に今時のものを頼む本宮詰めの稲荷もいますから……」

薄緋の説明に、そうなんですか、と相槌《あいづち》を打って、「ん？」と秀尚は疑問に思った。

食べる必要のない稲荷たちにとっての「厨」の必要性が分からなかったのだ。

それを問うと、空腹を満たす「食事」としての必要はないので、稲荷全員が食事をすることはないが、客が来ればもてなしのための膳《ぜん》は必要になるし、季節ごとの旬のものを食すことは活力の底上げにもなるし、何より日々の「潤《うるお》い」として、必要らしい。

「食べる必要がないといっても、食べることが好きな者も多いですから……」

薄緋は微笑み、言う。

「あー、確かに栄養学的にあんまり意味がなくても、綺麗にデコレーションされたケーキとかそういうの、テンションあがるもんなぁ……」

必要ではなくとも、それとは別、というのはなんとなく分かった。

「子供たちと同じですが、昼食も楽しみにしていますよ」

そう言うと、薄緋は最後の洗い物を片づけて、厨を出ていった。秀尚は本宮で調達してもらった食材を確認しながら、昼食の献立を考え始める。

「玉ねぎの素揚げ……よりはかき揚げのほうがいいかな。あと、味噌汁つけて……いっそかき揚げ丼……」

うーん、と頭を悩ませていると、厨の戸が開いた。

やってきたのは浅葱と萌黄だ。

「にんげんさん。ぼくたち、いまから、はたけにいくの」

「いっしょに、いきませんか？」

「遊びに行くのか？」

昼の献立さえ決まれば、遊びに付き合ってもいいのだが、迷っている段階なので難色を示しつつ問う。

「ううん、おやさいとりにいくの」

「うすあけさまが、にんげんさんさそって、いってきなさいって」

「ああ、そっか……。畑に何の野菜があるか分かったら、料理に使えるもんな。よし、行こうか」

ＯＫの返事をすると、浅葱と萌黄が嬉しそうに近づいてきて、秀尚と手を繋いでくる。

こうして三人連れだって畑へと向かったのだが、秀尚にとって館の外に出るのは初めてのことだった。

昨日はもう夜だったので、外の案内は明日、と言われていたのだ。

「うわー……なんか、凄いな」

館の外は秀尚が暮らしていた人界と同じく夏の終わりあたりの気候で、厳しい残暑といった感じだったが、畑の道沿いに咲いている花も、なっている果実も、季節を無視したものだった。

「はたけのつちをつかってうえると、すぐにおおきくなるんだよ」

得意げに浅葱が言う。

「へぇ……、デザートにいろいろ使えそうだな」

――リンゴはパイにして、桃は加工するより、まず生で食べて……。柿は膾《なます》に使えるな。

食材を見るとあっという間にあれこれ料理を考えてしまうのは、料理人の性《さが》だろう。

そんなことを考えつつ、手を引かれるまま行くと、畑があった。

「ここが畑か……」

思ったよりも広いが、作物が植えられているのは一部でしかなく、しかも、キュウリやトマト、イチゴ、スイカといった、もいですぐに食べられるものばかりだ。

薄緋が調理をすることができないので、そういうものしか栽培していないと言っていたのを思い出した。

「きのう、ゆうごはんのでざーととりにきたときに、にんげんさんみつけたんだよ」

浅葱が言い、萌黄も頷きながら続けた。

「さいしょみたとき、しんじゃってるのかなっておもいました。でも、いきしてたから、あさぎちゃんと、いそいでやかたにつれていこうって」

「そうだったのか。二人で、よく俺を館まで連れていけたな」

小さいとはいえ、稲荷になる能力があるから、何か術でも使ったのかなと思ったが、浅葱は自慢げに懐《ふところ》から一枚の札を取り出した。

「これつかった！」

「なんだ、それ？」

短冊状の和紙に、文様と達筆な文字が書かれているが、達筆すぎてなんと書いてあるのかは分からなかった。

「おやさいをたくさんとって、かごがおもくなっちゃったときに、これをかごにはると、かるくなるんです」

萌黄が説明する。

「きのうは、にんげんさんにこれはった！」

やはり浅葱は自慢げだが、とりあえず謎は解けた。

「そっか、二人とも助けてくれて、本当にありがとうな」

秀尚は二人の頭を存分に撫でる。二人は嬉しそうに、にこにこ笑った。

もちろん、ここに来たことが今後自分にとってどうなるのかは分からないし、戻れるかどうかも定かではない。

それでも二人に助けられなければ、死んでいたかもしれないと思うと、多分、こうしてここで生きているというのは、幸運なのだろう。

「なあ、あっちの畑はこれから何か植える予定なのか?」

秀尚は何も植えられていない畑を指差す。浅葱と萌黄は首を傾げた。

「ううん。うすあけさまは、なにもいってなかった」

「にんげんさん、なにかうえますか?」

「そうだなぁ、ほうれん草とか、白菜とか、キャベツとか、そういう葉物野菜があったら、料理にいろいろ使えるなと思って。そういう種とか、頼めば買ってもらえるのかな」

いつまでここにいるか分からないのではあるが、キャベツと白菜は軽く塩もみするとか、素《もと》を使えば浅漬けですぐに食べられるので、自分がいなくなってもその程度なら仔狐だけでもできるだろう。

「うすあけさまにいったら、よういしてくれるよ」

「じゃあ、後で頼んどこ……。じゃあ、二人には今日使うものを収穫してもらおうかなぁ」

秀尚が言うと、二人は頷いた。

「わかった！」

「にんげんさん、なにをとったらいいですか？」

萌黄が問うのに、秀尚は苦笑した。

「ここに人間は俺しかいないみたいだから『人間さん』で間違ってないんだけど、名前で呼んでくれたら嬉しいかな」

「おなまえ……えーっと……」

萌黄が困り顔で首を傾げる。名乗ったのは一度きりだったから、子供である彼らが忘れてしまっても無理もない。

「加ノ原秀尚、だよ」

「かのはらしでしさ！」

浅葱が自信満々に繰り返してきたが、「ひ」が発音できていない。

「ひでひさ、だよ」

「しでひさ」

今度は萌黄が繰り返すが、惜しい。

浅葱と萌黄は何度か「ひでひさ」と発音しようと頑張ったが、無理だったらしく、

「……かのさんってよんでいいですか？」

名字《みょうじ》のほうの短縮で落ち着いたらしい。

「なんか女の子みたいだけど、呼びやすいならそれでいいよ」

秀尚が言うと、二人は「かのさん、かのさん」と繰り返す。

「うん、それでいい。じゃあ、トマトとキュウリを七つずつと……」

必要なものを伝えると、二人は元気に「わかった」「わかりました」とそれぞれ返してくる。

「じゃあ、頼んだよ」

はりきりお手伝いモードの二人に声をかけて、秀尚は館へと戻る。

館の前まで来ると、陽炎が出てきたところだった。

「よう、元気そうだな」

数段ある階段の上から気軽に声をかけてくる陽炎に会釈《えしゃく》をし、おかげさまで、と簡単に返す。

「意外と落ち着いてるっていうか、混乱したりもしてないみたいだな。本当に肝が太いタイプか……」

階段を下りてきた陽炎は秀尚の様子を見ながら言う。

「命の危険を感じるような場所ならまた違うと思いますが……そうじゃない感じみたいなので」

「はは、そういうのを肝が太いって言うんだ。しばらく不自由かもしれんが、なんとかして無事に元の場所に戻れるように考えるから待っていてくれ」

「はい。お世話をかけます」

軽く頭を下げ、秀尚は階段を上って館に入ろうとした。その時、

「おっと、館に入る時は二礼二拍手一礼をするもんだ」

陽炎が呼び止め、言った。

「あ……そうなんですか。知りませんでした、すみません」

ここの作法がそうなら守らねばなるまい、と、秀尚は言われたとおり二礼二拍手一礼をする。

「そうだ、そうだ。じゃあ、またな」

陽炎はそう言い置いてアプローチを畑のほうに歩いていく。

それを見送ってから、秀尚は館に入った。


昼食のかき揚げ丼は好評で、食べ飽きているかなと思いつつ、デザートとして出したトマトの砂糖がけもあっという間に売り切れた。

昼食が終わって一段落すると、今度は夕食の仕込みだ。

薄緋にいろいろと植えたい野菜の相談をしたところ、明日にでも種が到着するように手配すると言ってくれた。

それまでは本宮の厨から分けてもらったり、人界に出る稲荷に買ってきてもらうしかないだろう。

「夕飯用に豚肉《ぶたにく》頼んだけど……いつ送ってくれるんだろ」

もう少し後でも間に合うのだが、本当に届けてもらえるかどうか分からない。

——忘れられてたりはしないよな……？

豚肉をメインに据えるつもりでいるので、もし忘れられていたら夕食は少し寂しいものになってしまう。

——もうちょい待って、仕込みの時間がそろそろまずいってなったら、薄緋さんに頼んで問い合わせてもらうか……。

そう思いながら、別の料理の仕込みを始め、少しした頃、厨の戸が開く音がした。

また浅葱と萌黄が遊びに来たのだろうかと思いつつ視線を向けると、そこには初めて見る大人の稲荷がいた。

濃い茶色の髪と同じ色の耳と尻尾。尻尾の数はざっと見て六本だ。陽炎や薄緋とはまた雰囲気の違う、そこはかとなく艶っぽい雰囲気のある美形だった。

彼は秀尚を視線に捉えると、

「昨日、ここに来たのって、君でいいのかな？」

フレンドリーな口調で聞いてきた。

「あ、はい。そうです」

「これ、本宮から預かってきたよ。豚肉と牛乳と……あとは調味料がいろいろ」

手にした風呂敷《ふろしき》包みを軽く持ち上げて示した後、爽やかな笑みを浮かべながら、近づいてくる。

「すみません、ありがとうございます」

礼を言いながら受け取る。

「礼には及ばないよ。ここに来る用事があって、ついでに預かってきただけだからね」

彼はそう言った後、

「僕は冬雪《とうせつ》。陽炎殿と同じで、ここの警備の任についてるんだ。そろそろ交代時間なんでね」

そう名乗った。

「あ、俺は、加ノ原秀尚です」

秀尚は慌てて名乗り、頭を下げる。

「加ノ原くん、だね。君がここで料理を作り始めたって聞いたんだけど、今は何を作ってるのかな」

冬雪は興味津々といった様子で、仕込み中の食材を見ながら問いかけてくる。

「これは、シチューを作ろうと思って……」

豚肉のソテーのオレンジソースがけ、それにシチューを合わせるつもりでいたのだが、頼んでいた豚肉や牛乳が届かなければ煮物にするしかないなと思っていたので、かなり助かった。

「シチューか……。確かいろいろ種類があるよね？　僕は前に人界でブイ……なんとかっていうのを食べたんだけど、おいしかったなぁ」

「ブイヤベース、ですか？　魚介類の」

シチューというより、スープもしくは鍋料理的な分類だなと思ったが、突っ込むのはやめた。

「そう、それ！　おいしかったから、また今度近くに行ったらって思ってたら、お店がなくなってたんだよね。別のお店で食べて帰ったけど、味が違ってて……」

もう一度食べたかったなぁ、と冬雪が呟いた時、

「冬雪殿、いらしてたんですか」

薄緋が厨に入ってきた。

「ああ、薄緋殿。今来たところだよ。本宮から預かってきた食材を彼に渡してたところ」

「そうですか……」

「それから、この前の報告書の件なんだけど、少し話せるかな」

冬雪の言葉に薄緋は頷くと、

「では、あちらで」

と、冬雪を伴って厨を出ていった。

二人を見送った秀尚は、

——しっかし、お稲荷様ってイケメン揃いなんだなぁ……。

と、今さっき会った冬雪や薄緋、陽炎の容姿を思い出す。

その三人だけではなく、子供たちだって可愛い子たちばかりだ。

「さて、そのかわいこちゃんたちの腹を満たすために、頑張りますか」

秀尚はそう呟いて、夕食の仕込みを再開した。


一日の作業をすべて終え、入浴をすませて部屋に戻ってくると、急に疲れがやってきた気がした。

とはいえ、心地よい疲れだ。

子供たちはみんな可愛いし、作るものをどれもおいしいと言って喜んで食べてくれる。

夕食に出した豚肉のソテーも、ホワイトシチューも完食してくれて、特にシチューは多めに作ったのでおかわりはいるかと聞いたところ、薄緋を含めた全員が挙手をした。

さすがに二杯分ずつ作ってはいなかったので、全員に行きわたるように少しずつ分けたほどだ。

「明日の朝食は何にしようかな……っていうか、なんの食材が届くのかな……」

本宮は和食がメインだと言っていたから、和食に使う食材ならすぐに揃えてもらえるだろうとリクエストを出したが、数が揃わなかったりすることもあるだろう。

「明日、食材見てから、だなぁ……」

呟いて、布団にごろりと横たわる。

――いつ、帰れるんだろう……。

ふっとそんな思いが頭をよぎる。

昨日の陽炎の口ぶりから、簡単な話ではないのは察せられた。だから具体的にどのくらいかかるのかは聞かなかったが、気にならないわけではない。

――でも、俺、帰って何をするんだろうな……。

休みが終われば、ホテルに出なければならない。

そうしたら、また八木原と顔を合わせることになるだろう。

――冷静に、対応できるかな……。

八木原がレシピを盗んだことは確信している。

それを証明する手立てがないせいで、自分が言いがかりをつけているように思われていることも腹立たしいけれど、何よりつらいのは、あれが祖父母との思い出と繋がっているということだ。

あのレシピで得意げになる様子を見ることになるのかもしれないと思うと、胸の内にどうしようもない黒く重いものが湧《わ》く。

「……寝よ、寝よ」

その思いを振りきるように、秀尚はわざと声に出し、それから少し体を起こして行燈の灯りを消し、目を閉じた。

五

翌朝、秀尚はやけに暑苦しさを感じて目を覚ました。

そして自分の布団の中に……というか両脇にも何かがいるのを感じ、ハッとして起き上がり――布団の中を見て脱力した。

そこには仔狐姿の子供たちが四匹、潜り込んでいた。

「……どうりで暑いと思った……」

ただでさえ体温の高い子供がもっふもふの毛皮つきで布団に入り込んでいれば、暑いに決まっている。

「まったく、おまえらは……」

潜り込んできたうち、二匹は浅葱と萌黄だろう。仔狐の姿なのになぜ分かるかと言えば、寝ている体にまとわりついているパジャマが、昨夜お休みの挨拶をしに来た時に二人が着ていたものだからだ。

残り二匹のうち一匹は何も纏っていないので、変化《へんげ》できない三匹のうちの誰かだろう。

あとの一匹はパジャマを注視していなかったので分からない。

というかまとわりついているパジャマがなければ正直、浅葱と萌黄も分からなかっただろう。

そんなことを考えつつ、布団から抜け出すと、変化《へんげ》できない仔狐がもぞもぞと動いてうっすら目を開けた。

「あー、ごめん、起こしちゃったな。まだ寝てていいよ」

秀尚が小さな声で言いながら頭を撫でてやると、仔狐は安心したように目を閉じ、再び寝始めた。

——可愛いなぁ……。

少しの間寝顔を見つめた後、秀尚は身支度を整えて厨へと向かった。

厨には、リクエストしたとおりの食材が届いていた。

それらを使って早速朝食の仕込みを始める。

昨日の出汁巻き玉子の評判がよかったのでそれも添えるが、今日のメインは焼鮭《やきざけ》だ。あとは大根と豆腐の味噌汁と、小松菜のおひたし。

あれこれと作りたくなる性分なので簡素な気はしたが、薄緋と相談した際、一汁一菜《いちじゅういっさい》でもいいくらいだと言われたので、こんなものだろう。

出汁巻き玉子を簀《す》巻《ま》きにして形を整え、切り分けていると、

「おはようございます」

「よ、元気にしてるか？」

厨の戸が開き、薄緋と陽炎が入ってきた。

「あ、おはようございます」

作業の手を止め、挨拶をすると陽炎は秀尚に近づいてきた。

「こんな早い時間から料理か。感心だな」

「朝食に間に合わせないといけないし、普段からこの時間には起きるようにしてたんで」

「なるほど」

そう言った陽炎は、出汁巻き玉子の切り落としを指でつまんで口に運ぶ。

「おっと……これは随分うまいな」

驚いた様子で秀尚を見る。

「本宮から分けてもらった素材がいいからです」

「いやいや、謙遜《けんそん》しなくていい。おまえさんが人界では料理人だったとは薄緋殿から聞いていたが、ここまでとはなぁ……」

陽炎はそう言った後、

「ものは相談だが、俺の分も作ってもらえないか？」

そう切り出してきた。

「陽炎殿、あなたは食事の必要はないでしょう……」

やりとりを聞いていた薄緋が即座に突っ込むが、

「うまいもんは別だ」

陽炎はあっさりと言った。もっとも突っ込んだ薄緋も「おいしいから食べたい」と言っていたので同じ穴の狢《むじな》というやつだろう。実際には狐だが。

「一人分くらいなら、手間ってわけでもないんで別にかまいませんけど、薄緋さん、いいですか？」

一人増えても作業的には変わらないのだが、ここの規則というか、そういったもの的に大丈夫なんだろうかと思って聞くと、薄緋は、ええ、と頷きつつ返してきた。

「じゃあ、……今日の朝食はちょっと数的に無理なんですけど、昼食からでよかったら、準備します。食堂でみんなと食べるんですか？」

「いや、弁当にしてもらえたらありがたい。警備の仕事を抜けて食べに来るのが難しいんでな」

「分かりました。昼前には準備してそこの配膳台の上に置いておくので、時間の空いた時に取りに来てください」

「すまんな。楽しみにしてる」

そう言って帰っていきそうな気配を見せた陽炎を秀尚は呼びとめた。

「あの、ちょっといいですか？」

「うん？　なんだ？」

「あの、俺、いつ頃帰れるのか、目処《めど》みたいなもんがあったらと思うんですけど……ありますか？」

秀尚の言葉に、陽炎は困った様子を見せた。

「いつ頃、とはっきり言ってやれればいいんだが、今のところ分からんとしか言いようがないな。無事に帰れるように努力はするし、おまえさんの髪が白くなるほど待たせるつもりはないから、そこは安心してくれ」

かなり難しいことらしい、というのはうっすらと分かる。

秀尚が焦っても仕方ないということも分かる。

ただ、目処も立たないとなると、ここが自分にとって悪い場所ではなさそうだと思っても、焦燥感《しょうそうかん》のようなものはどうしても湧き起こる。

しかし、それを吐露《とろ》したところでどうしようもないし、陽炎も薄緋も秀尚の胸の内など見とおしているだろう。

「……分かりました。そっちの件は、お任せします」

「悪いな」

陽炎は謝ると、厨を後にした。薄緋も、子供たちをそろそろ起こしてきます、と言って厨を出ていった。

◇◆◇

それから三日。

秀尚はすっかりあわいの地の生活に慣れた。

洗濯してもらった服はまるで新品のようになって返ってきたのだが、それを着るとあからさまに自分が異端《いたん》な気がして、薄緋に頼んで何着か作務衣を貸してもらい、それを着ることにした。

おかげで見た目だけはなんとなく、ここに馴染《なじ》んでいる気がする。

それから、畑ではいろいろな野菜類が収穫できるようになり、人界に出る稲荷に頼んで、本宮の厨で調達できないものなどと一緒に調理用品をいくつか買ってきてもらったこともあって、萌芽の館の厨は完全に秀尚仕様になっている。

仕事は主に調理だが、手が空いた頃合いを見計らったように浅葱と萌黄がやってきて、遊べとせがむので、他の子供たちも交えて遊ぶ。

遊ぶといっても、人界のようにゲーム機があるわけではないので、昔ながらの鬼ごっこだの、かくれんぼだのが大半だ。

「遊びのバリエーション、他にいろいろあったと思うんだけどなぁ……」

夜、子供たちが眠ってから秀尚は厨で明日の食事の仕込みを始めた。常温で放置しておいてもいいものなどだけでもやっておけば、朝、あまり慌てないですむ。下ごしらえをしながら、考えるのは子供たちとの遊び方だ。

「野菜も嫌がらずに食べてくれるし、いい子ばっかかなんだよなぁ……」

ピーマンやセロリといった子供が嫌いそうなものは出さないでいるが、嫌われがちなニンジンも、意外と嫌われ率が高い椎茸《しいたけ》も、全部綺麗に食べてくれる。

もちろん、嫌がられないように味つけに気をつけてはいるが、好き嫌いはあまりなさそうだ。

「干し椎茸と切干大根を戻して……」

手順を口にしながら作業をしていると、

「よっ、頑張ってるな」

陽炎がやってきた。

「ああ、こんばんは」

ちらりと顔を向け挨拶をすると、陽炎は手にした弁当箱を軽くかざした。

「これ、ごちそうさま。今日もうまかった。特にあれがうまかったな、ニンジンとジャガイモを豚肉で巻いて甘辛く味をつけてあったやつ」

「ああ、あれは子供にも大好評でした」

答えながら、空になった弁当箱を受け取る。

「飯が必要な体じゃないが、うまいものを食べると、やっぱり違うな」

「お口に合って何よりです。……今日は、これで上がりですか？」

弁当を作ることを承諾した翌日、陽炎からは、いつ、朝昼夕、どの時間帯の弁当が必要なのかを書いたメモを渡された。

そのメモから分かったのは、陽炎の警備の仕事はシフト制だということだ。今日は昼過ぎからのシフトだった様子で、準備をしたのは夕食だけだったが、昨日は朝と昼の分を準備した。

「ああ。今、遅番の稲荷と交代してきたところだ」

弁当を取りに来たり、こうして弁当箱を返しに来たりする時に陽炎とはよく話をするようになった。

親しく話をするうちに、陽炎とここに来た翌日に会った冬雪は、このあわいの地の警備をメインにしているが、ここの専属の警備の稲荷は他に三名いるだけで、数は足りていないということが分かった。

その足りない分は、本宮で手の空いている稲荷が担《にな》ってくれている。

とはいえ、本宮の稲荷はそれぞれに忙しい合間を縫っての手伝いでもあるので、どうしても専属警備である陽炎たちはオーバーワークになりがちのようだ。

「お疲れ様です」

「そのお疲れ様な俺に、何かつまみ食いできるものを出してくれないか？」

さらりと言って、秀尚が立っている流し台の背後にある配膳台に、近くにあったイスを引き寄せてきて座した陽炎に、なんだかなぁと思いつつも、相手は神様だし、大した手間というわけでもないので、

「大したもの、作れませんよ」

と、先に言った上で、仕込みのために出していた材料を手にした。

ニンジンとゴボウを細切り、それからレンコンを薄い半月切りにして炒め、出汁とみりん、それから醤油を入れて汁気がなくなるまで炒めて最後にゴマを振りかけて、まずはきんぴらのでき上がりだ。

次に、大根を千切りにしてマヨネーズと梅肉で和え、鰹節を飾る。

「これでいいですか？」

作った二品を出してやると、陽炎は早速箸を手に食べ始める。最初に手をつけたのは千切り大根の梅マヨ和えだ。

「おお、これはうまいな！」

「それ、作り方は本当にシンプルなんですけど、おいしいですよね。あれば、ちょっとゴマ油をたらしても風味が変わってイケるんですよ」

「これもまた……おまえさん、本当に料理の才があるな」

感心した様子で陽炎は言い、

「それにしても、ここにもすっかり馴染んだように見えるが、調子はどうだ？」

不意に聞いてきた。

「調子は……まあ、ごく普通ですね。多少の不便っていうか、元いた場所との違いに戸惑ったりはしてますけど。でも、いつ帰れるのか分からないんで、そのことに関してはちょっと焦るっていうか」

大丈夫です、ということは簡単だが、隠しても仕方がないし、神様相手に嘘をついても見抜かれそうな気がして素直に答える。

それに陽炎は頷いた。

「そりゃ、そうだろうな」

「ええ」

「ただ、おまえさんを元に戻してやるのは、意外に難しくてな。時空の扉ってもんを開くんだが、その時に場所と時間を正確に合わせなきゃならん。本宮のように整えられた

『場』があれば、そこまで難しいわけじゃないんだが、ここでやるとなると……そうだな、たとえるなら目隠しした状態で、高速回転するダーツ盤二つに矢を投げて、どちらも目当ての場所に刺すくらい……っていえばだいたい分かるか？」

陽炎のたとえは想像がついた。確かにその難しさはかなりのものというか、ほぼ運でしか無理なんじゃないかと思う。

「どういうもんか、見てもらうほうが早いな」

陽炎はそう言って立ち上がると、空中に指で何か模様か文字のようなものを描き、その手を顔の前で合わせた。

その瞬間両手の隙間からまばゆい光があふれ、陽炎が手を開くと同時に、空間に絡みつく蔦模様の装飾がなされた、普通の部屋のドアくらいの大きさの、観音開きの扉が現れた。

「う……わ、何、これ、すげぇ……」

秀尚は驚いて陽炎の隣に行き、出現した扉の前に立った。

「これが、時空の扉ってやつなんですか？」

「ああ。扉の模様みたいなもんが開く者の個性で変わるが、大体こんな感じだ。開いてみるか？」

その言葉に頷くと、陽炎はそっと指を扉の表面に押し当てた。

すると、扉が音もなく開き、そこには荒れた感じの野原が見えた。

見えるところ一面、だだっ広い野原で、どこかは皆目見当がつかない。

「どこだろ……」

秀尚が呟いた瞬間、どこからかホラ貝の音が聞こえてきた。

「あ……ホラが……っ！」

ホラ貝の音、と言おうとした言葉が途切れたのは、いきなり扉の向こうに、背中に矢の刺さった武士が倒れてきたからだ。

「……っ」

——超戦国時代っ！　まじヤベぇ……！

テレビでしか見たことがなかったような光景に、声も出なかった。

「お、運よく日本だな」

陽炎はどこか満足そうに言う。

その間に扉の向こうではどうやら武士たちが移動してきたらしく、矢がヒュンヒュン飛び交い、槍《やり》だの刀だのが振り回される戦国絵巻が展開され始める。

「うーん、どこかの地方の小競《こぜ》り合《あ》いってとこか」

見える光景を分析して陽炎は言う。

「いやいやいやいや、分析してる場合じゃ……って、馬！」

陽炎に突っ込もうとした時、扉に向かって武将らしき人を乗せた馬が走ってくるのが見えた。

「ヤッベ……、突っ込んでくる……」

咄嗟《とっさ》に秀尚は扉の横によけ、馬にぶち当たられることは回避したつもりだったが、馬が飛び込んでくる気配はなかった。

「安心しろ。向こうからは入ってこられないし、見えない仕様で開いてある」

「あ……そう、なんですか」

「ああ」

陽炎は言い、扉の説明をざっとしてくれた。

今のように緊急で扉を開く場合は、何もない空間に繋がってしまうこともあるが、もしそれが室内であったりした場合は、人が出入りしてもおかしく見えないように、既存の扉に重なったり、扉がなければ、たとえば壁に貼りつくような形だったりすることが多いらしい。

「まあ、今みたいな開き方は基本的にはしないんでな。たいていの場合、きちんと整えられた場所から整えられた場所へって感じだ」

説明の間も扉の向こうでは戦いが続けられていて、結構生々しい戦いの痕跡が野を埋め尽くしていった。

「えーっと、開いてもらって申し訳ないんですけど、俺、戦国時代に戻っても仕方がないんで、閉じてもらっていいですか？」

リアルな戦国時代に興味がないわけではないが、いきなり戦場は勘弁願いたいし、正直リアルスプラッターな光景を見ていたくなくて、頼む。

「ああ、それもそうだな」

陽炎は軽く言うと片手を軽く左右に何度か振った。そうすると、扉はまるで霧散するようにあっという間にかき消えた。

「まあ、こんな感じで難しいわけだ。今日はたまたま日本でツイてたな」

「具体的にどんな感じか、見せてもらえて分かりました。時間がかかるっていうのも」

「できるだけ、おまえさんを元の世界に返したいとは思ってるんだ。ここでも目的の場所へ繋ぐ精度を上げられるように、いろいろ術の構成を練ってるから、待っててくれ」

イレギュラーで飛び込んできた自分を戻すために、仕事でも忙しいのに時間を割いてくれているのだと思うと、身の危険があるわけではない状態でうるさくせっつくのは悪い気がした。

「はい」

言って頷くと、陽炎は目だけで笑った後、配膳台に戻り、そこに残った料理をまたつまむ。

「うん、やはりうまいな。酒が欲しくなる」

そう言って笑いながら、流し台の上にある料理酒としてもらってきた五合瓶に陽炎が視線を向けるのに、

「ダメです」

即座に言うと、厳しいなぁ、とぼやいてはいたが、それ以上しつこくは要求してこなかった。

◇◆◇

さて、翌日の夜。

今日も今日とて秀尚は明日の食事の仕込みをしていた。

リンゴを飾り切りで出したところ、子供たちが大興奮だったので、明日の朝食の付け合わせにするグラッセ用のニンジンを飾り切りにしているところだ。

ミニニンジンと、キノコの形の二種を作っていると、

「よ！　今日も頑張ってんな」

声とともに厨の戸が開き、陽炎が入ってきた。

──また来た……。

そう思ったが、口に出さずに迎え入れる。すると陽炎に続いてもう一人入ってきた。

ここに来た翌日、本宮の厨から食材を届けてくれた冬雪だ。

「えーっと、確か、冬雪さん」

「おや、名前を覚えてくれてたのかい？　嬉しいね」

冬雪はそれだけで女性をたらし込めそうな笑顔で返してくる。

正直、元の世界だったら「イケメン爆《は》ぜろ」と、大半の男子から言われるだろうと思う。というか、陽炎もイケメンなので「イケメン共」と複数形にするべきだろうか。

そんなことを思いながら、

「お揃いで、どうかしたんですか？　薄緋さんなら、部屋に戻ってますけど」

警備役の二人が揃ったとなると、何事かあったのかもしれない、と気を回して言ってみるが、その間に陽炎は昨日のように配膳台にイスを引き寄せて腰を落ち着ける。

「いや、陽炎殿に、君の料理がとてもおいしいと自慢されてね。連れてこられたんだ」

冬雪も配膳台へ歩み寄りながら、苦笑して言う。

「そういうわけで、何か作ってもらえないか？　今日はこいつを持参したんだ」

冬雪の言葉に頷いた陽炎は、まったく悪びれもせず、さらりと言って吟醸酒の一升瓶を配膳台の上に置いた。

――こいつ……。

思わず胸の内で毒づいたが、断られるなどと微塵《みじん》も思っていない、むしろ何を出してくれるのかと期待しかしていない顔で座られると、作らねばという使命感に駆られてしまう。

「簡単なものしかできませんよ」

そう断ってから、仕込みの手を止めて、肴《さかな》作りを始める。

とりあえず手早くできるものを、と手にしたのは長いもだ。それを短冊切りにして小鉢に盛り、鰹節を添えて醤油と共に出す。

「とりあえず、それ食べて待っててください」

料理とは言えないが、いくばくか間をもたせてくれるだろう。

陽炎は早速一升瓶を開け、コップに注いで、長いもの短冊をアテに飲み始める。

それを背後で感じながら、ここでの人気メニューの一つである出汁巻き玉子をまず作る。簀巻きにして形を整える間に、ほうれん草を軽く茹《ゆ》でておひたしを作り、そのほうれん草で作ったおひたしを芯にして海苔《のり》を巻いたものと、出汁巻き玉子の液を使って作った薄焼き卵で巻いたものも作る。

その後、チンゲン菜の煮びたしを作りながら、ワカメを戻し、煮びたしができ上がる頃合いで、ほうれん草と一緒に軽く湯通ししたワケギを辛子酢味噌で和え、ワカメを添えたヌタを作った。

それらをワンプレートに盛りつけて出すと、陽炎と冬雪の顔が綻《ほころ》んだ。

「この短時間に四品か」

「凄いね。盛りつけも綺麗だ」

余った酢味噌でプレートに軽く模様を描いただけなのに褒められて、少し面映《おもは》ゆい。

「常温保存できる素材だけだと、作れるものが限られてて……」

せめて事前に夜に来ると聞いていれば、そのための食材をいくらか取り分けたりしておけるのだが、いきなりのことなので本当に簡素なものしか作れない。

だが冬雪は海苔巻きのおひたしを口に運ぶと、

「これ……凄くいいね。醤油の辛さがなくて、凄くおいしい」

目を輝かせて言う。

「喜ぶのはまだ早いぞ。出汁巻き玉子を食ってみろ」

酒を片手にニヤニヤと笑いながら、陽炎が先輩風のようなものを吹かせながら言う。冬雪はそれに素直に従って出汁巻き玉子を口に運び、

「ちょ……！　何これ！　凄くおいしいんだけど！」

大袈裟に思えるほどの勢いで腰を半分浮かせた。

「だろ？　俺を陥落《かんらく》させたのがこの出汁巻きだ」

陽炎はなぜか自慢げに言いながらワケギのヌタを口に入れる。

「ああ、いいねぇ。この辛子の加減が……酒が進む」

「本当だ……。加ノ原くんにとって、料理人は天職だね」

過分だとは思うが、褒められるとやはり嬉しい。

嬉しくなるとサービスしたくなるのは人情で、

「雷《かみなり》こんにゃく、食べます？」

などと聞いてしまう。二人の答えは「もちろん」で、秀尚はこんにゃくを手にすると一口大にちぎり始める。そのほうが包丁で切るより味が沁み込みやすいのだ。そのこんにゃくを一、二分茹でた後、今度はフライパンでから炒りして、みりんや酒、醤油、そして唐辛子を加えて汁気が飛ぶまで煮れば雷こんにゃくのでき上がりだ。

そんな調子で、さらに三品作って、あとは明日の朝食の仕込みに必要な食材だけになったので作り止めになったが、二人はどれもおいしいと言いながら、どんどん酒を飲んでいた。

すでに一升瓶が半分ほど空いていて、飲めないわけではないがあまり強くない秀尚は、純粋に凄いなと思いながら二人を見た。

「食事をしなくてもいい体だとは言っても、やっぱりおいしいものを食べると、満たされるって感じがするねぇ……」

ご機嫌な様子で冬雪が言う。

「確かにそうだ。本宮の厨の飯もうまいんだが、上品すぎるところがあるだろう?」

陽炎の言葉に冬雪が頷く。

「ああ、うん、分かるよ。人界で食事をしたことがある稲荷は、みんな似たようなこと言うよね。なんて言うか、本宮の厨の食事は精製されきったって感じがあって……、人界のは雑味って言ってしまえばそれまでなのかもしれないけど、それが逆に味わい深いっていうか」

「おまえさんの作る料理は、そういう意味では本当に雑味がほどよいな」

陽炎の言葉に、ありがとうございます、と礼を言ってから、秀尚はふと疑問に思ったことを聞いてみた。

「本宮って、どんなところなんですか」

それに答えたのは陽炎だ。

「九尾の白狐様が治めている、俺たち稲荷の本拠地みたいなもんだ。寝殿造りのデカい建物があって、すべてのものが美しい調和の中にある」

「雅《みやび》やかな場所だよ」

冬雪が続ける。

「その雅やかさの中に居続けると、俺なんかは多少肩が凝ってくるがな。だからここや、人界に出る任務のある今の仕事が一番ちょうどいい」

陽炎は笑って言った後、

「こっちに迷い込んでくる人間っていうのは、人界で何かしら不安なことやつらいことがあったりして、現実逃避している奴が多いもんだ。だが、おまえさんを見た限りじゃ天職と言っていい職業についていて、こっちの世界にもすぐに馴染んだことを思えば、見た目に反してかなり肝が太いんだろう。そんなおまえさんが、なんだって迷い込むような精神状態になったんだい？　ここに来た時の様子を思えば人気《ひとけ》のない場所で怪我をして、動けなくなったことで一時的に不安になって、か？」

と、続けて聞いてきた。

「あー、それはあります。雨が降ってきて、道に迷って、引き返そうとした時に道を踏み外して、足を酷く捩《ね》じっちゃって……それで動けなくなって。体は冷えてくるし、連絡を取る手段もないし……確かにこのまま死ぬかなって思ってました」

秀尚の返事に、陽炎は頷く。

それだけが理由だと言ってしまってもよかったと思うのだが、

「それに、その前から俺、ちょっとへコんでて……」

気がつけば、そう言葉を続けていた。

「ほお？　恋愛関係か？」

「え？　コイバナになるの？　うわぁ、青春って感じだねぇ」

どこかウキウキした様子で陽炎と冬雪は問い返してくる。

なんでこの人たちはウキウキしてるんだ、と思いつつ、秀尚は頭を横に振った。

「残念ながら、違いますよ。職場でちょっとあって……」

「アレか？　人界で今はやりのパワハラとか、ブラック企業とか、そういうやつか？」

陽炎は詳しく話せとばかりに突っ込んでくる。

ここまで話してしまえば、黙っていることも難しいし、つい言ってしまったのは心のどこかで聞いてほしいと思っていたからかもしれないと感じて、秀尚は続けた。

「いえ。俺、ホテルの厨房で働いてるんですけど、そこではメニューの募集があるんです。それに、俺は祖父母との思い出があるレシピで応募したんですけど……先輩にそのレシピを盗まれて」

抗議をしたけれど、撮影したはずの証拠写真が携帯電話から消えてしまっていたこと。その数日前に携帯電話をしまっていた自分のロッカーの鍵が、開けられていたことがあったのも話した。

「え！　それって、その先輩の仕業ってこと？」

冬雪が驚いたように問う。

「俺は、そうだと思ってます。けど、先輩がロッカーを開けたって証拠もなければ、レシピが俺のだって証明するものもなくて……逆に俺が先輩に言いがかりをつけたみたいな感じになっちゃったんですよね」

「用意周到《しゅうとう》なこったな、まったく」

陽炎が、どこか腹立たしげに言う。

「結局、それで何か居づらいなって思ってたせいもあって、仕事でミスを連発しちゃったんですよ。で、半ば強制的に休みを取らされて……その休みを使って、神社とかお寺とか巡ってたんです。その最中に、遭難っていうか、こっちに来るきっかけになるようなことになって」

話し終えると、なぜか沈黙が横たわった。できるだけ湿《しめ》っぽくならないように話したつもりだったが、思った以上に二人が深刻に受け止めたのかと思い、

「――って言ったら、信じてくれます?」

おどけた口調で、二人の反応を窺った。

それに二人は頷く。

「ああ、もちろんだ」

「嘘をついてるって様子じゃないしね」

冬雪のその言葉に、

「分かりませんよ？　俺が稀代《きだい》の大嘘つきだったりするかもしれないし」

笑いながら秀尚が言うと、陽炎は頭を横に振った。

「いや。嘘をついてる人間ってのは、独特の波動が出るもんだ。話してる間、おまえさんからはまったくそんなものは感じなかった」

陽炎の言葉に冬雪は同意するように頷く。

「おまえさんのレシピを盗んだっていう先輩も、どれほど周到に嘘で塗り固めたとしても、塗り固めれば塗り固めるだけ、嘘をついてるってのは伝わるもんだ。証拠がないから誰も言えないってだけでな。周囲には自《おの》ずとそういう奴だってことはバレるもんだ」

「……そんなものでしょうか……」

「ああ。うまく取りつくろえたように見えても、後ろ暗さなんてものはそうやすやすと抜けるもんじゃないんでね」

陽炎は断言したが、冬雪は、

「でも、そうは言っても腹が立つよねぇ。人のふんどしで相撲《すもう》を取るような真似をするなんてさぁ」

憤慨《ふんがい》した様子で言った。

「そうですね。確かにめちゃくちゃ腹が立ちます」

そう返した秀尚に、

「だよね！　じゃあさ、呪《のろ》っちゃう？　呪っちゃう？」

冬雪はなぜか楽しげに言ってくる。

完全に酔っ払いテンションだった。

「あー、いや、神様が言うと洒落《しゃれ》になんないんでいいです」

腹も立つし、罰《ばち》が当たればいい、とは思うが、それを依頼する相手がガチ神様となると想像以上の大事《おおごと》になりそうなので、辞退する。

「意外と奥ゆかしいねぇ」

冬雪は言い、

「ああ、そうだな。おまえさんなら、毎朝犬のウンコを踏めばいいとか、鳩のウンコを頭に降らされればいいとか願ってきそうな気がしたんだがな」

陽炎も意外だ、といった様子で言う。

「神様がウンコウンコ言わないでください、小学生じゃないんですから」

返ってきた呪いの方向性があまりに低レベルすぎて、秀尚の気が抜けた。

「えー、でも地味に嫌じゃない？　僕は犬と鳩なら、鳩のほうが嫌だなあ」

「いや、犬のほうも踏んだ時は、あの感触に絶望したくなるぞ」

まだ低レベルの話を続ける酔っ払いイケメン稲荷二人の会話をＢＧＭに、秀尚は翌朝の仕込みに戻ったのだった。

六

「今日も来ちゃったー。席、空いてる？」

夜、秀尚の仕込みの時間に萌芽の館の厨を本宮の稲荷が訪問してきた。

「おう、今戻りか？　ここ、来いよ」

先に来て、配膳台の周囲に並べられたイスに腰を下ろした四人の稲荷のうちの一人が、新たに来た稲荷を手招きで呼び寄せる。

陽炎と冬雪から話を聞いて、厨はまるで「知る人ぞ知る居酒屋」のような状態で、見知らぬ本宮稲荷が密かにやってくるようになっていた。

最初は戸惑うしかなかったが、頼まれれば何か出さずにいられないし、それならいっそ時間を決めて居酒屋タイムを作ったほうがいいんじゃないかと思えた。

それで結局、子供たちが寝た十時頃から秀尚が眠る十二時頃までの営業ということになったのだ。

営業といってもお金をもらうわけではないし、メニューもない。

秀尚はあくまでも仕込みの仕事の合間に何か作るような感じなのだが、それでも「毎晩誰かしら来る」と前もって分かっており、夕食の仕込みの時に何品か作っておけるので、てんやわんやというようなことにはならない。

秀尚が作っては配膳台の上に置く料理を、みんなが勝手にシェアして酒を飲みながら楽しく喋っているような感じだ。

「大将、これお土産。これで何か作ってくれない?」

来たばかりの稲荷がレジ袋を差し出してくる。

「ありがとうございます、なんだろ?」

袋を受け取り、中身を確認する。

「あ！　生明太子《なまめんたいこ》にイクラの醤油漬けだ」

「今日の人界の任務地で海産物フェアってのやっててね、買ってきちゃった。おいしいのよろしくねー」

そう言うと、招かれた場所に座る。近くに座した稲荷が手早くコップに酒を注いだり、小皿を準備したり、慣れた様子で場所を整えてやっている。

酒は持ち込み、そして基本的にセルフサービス、というのがここのルールだ。

さらには、食べたい食材があれば持ち込んでもらって、調理だけを請け負うスタイルでもある。

理由は、あからさまに酒の肴になりそうな食材を本宮の厨に頼むのは気が引けるし、あくまでも「仕込みに使った食材で作れる料理を出す」ということにしないと、自分が調子に乗っていろいろと作ってしまいそうだからだ。

秀尚が調理をする間、稲荷たちは仕事の話で盛り上がる。

いろいろと聞こえてしまうので分かったことは、ここに来る稲荷は、外の世界——つまり人界との行き来を頻繁にする稲荷が多い、ということだ。

そのため、今のような差し入れが多く、頼んでおけば本宮の厨では準備のできない食材も買ってきてくれる。

彼らが向かう人界は、基本的に「今」、つまり秀尚が暮らしていた時代だ。

だから彼らと一緒に行けば、秀尚も帰れるんじゃないかと思ったのだが、無理だった。

彼らは稲荷だから可能なだけで、普通の人間でしかない秀尚には『特別な措置』がなければ無理らしい。

それに彼らも時空の扉を開く場所が、本宮の中のそれに適した場所だから違《たが》わず行けるだけで、あわいの地で時空の扉を狙ったとおりに開くのはやはり相当に難しいらしい。

——簡単についていって帰れるもんなら、陽炎さんが勧めないわけないもんな……。

そんなことを思いながら、秀尚は皮を剥いたジャガイモを適当な大きさに切って水にさらす。

その間に生明太子を、五腹入っていたうちの三腹をぶつ切りに出して小皿に体裁よく盛りつけ、出す。

「せっかくの生明太子なんで、まずはそのまんまの味をどうぞ」

生の明太子が手に入る機会というのは本当に限られている。

たいていは一度冷凍されているのだ。

そのため、まずはそのままを食べてもらうことにした。

素材がいいので、当然稲荷たちからはうまいと声が上がる。その声を聞きながら、秀尚は大根おろしを作って、軽くザルで水気を切った後、小鉢へ山形に盛りつける。その中央にイクラの醤油漬けを盛り、貝割菜の先のハート形の部分と、薄切りレモンをイチョウ型に切り分けたものを散らした。

「おろしイクラです」

「へぇ、大根おろしとイクラかぁ。初めての組み合わせだね」

珍しそうに稲荷は言う。

「さっぱりしてておいしいですよ」

言いながら、同じものを他の稲荷の前にも出してやり、水にさらしていたジャガイモを茹でる。

「今日のシメはイクラ丼にしようと思うんですけど、何人食べます？」

彼らは、最後に必ず炭水化物でシメる。まだシメのものを出す時間ではないが、イクラ丼に使う分量を見定めるために問いかけると、全員が手を上げた。

「了解です」

集計後、おろしイクラを口にした稲荷から、やはりおいしい、と声が上がる。素材を簡単に合わせただけで、料理と言っていいか分からないのだが、何であれおいしく食べてもらえるのは嬉しい。

配膳台の上の料理を見ると、作り置きして、最初にどん、と大皿で出しておいたうの花と肉じゃが、ほうれん草のゴマ和えがあと数口ずつになっていた。

——あと一時間あんのか……足りねぇな。

壁の時計を見やって、いつも彼らが飲み食いするペースを考えるとあと何品か作り足したほうがいいだろう。

仮に食べきれなくても、残ったものは彼らが持ち帰るので問題ない。

そこで、残ったら最後は全部、どんな具材も優しく受け止める懐の深いカレーに投入してしまおうかと思っていた食材を取り出した。

そして天ぷらの衣を作り、鍋に油を入れて熱すると、具材のすべてを順次揚げては出していく。

「うっそ、セロリも天ぷらにすんのか?」

意外なものまで揚げていくので疑いの目を向けていた稲荷も、実際に口にすると、

「あ、意外にイケる」

と、次々に口に運んでいく。

残った食材をすべて揚げ終わる頃、ジャガイモが茹であがったのでお湯を捨て、こふき芋にして、少し潰し粗熱を取る。それから、薄皮を剥いだ明太子、マヨネーズを入れて和えると、大皿に入れて出す。

「まさか、ポテトサラダと混ぜると思わなかった……」

「俺はたらこで作ることのほうが多いんですけど、明太子使うと大人の味っていうか、酒のアテにちょうどいいかなと思って」

可愛いピンク色になるので、アクセントに何か緑のもの——たとえば定番のパセリや少し変わったところでシソを添えてもよかったなと思うが、パセリはないし、少し元気がなくなっていたシソはさっき天ぷらで揚げてしまった。

失敗したな、と思ったが、そんなことを思っている間に明太ポテサラは取り分けられていき、

「うっわー、うまい……！」

「こんなん出されたら、酒進みすぎる……！」

食べ始めた稲荷から次々に声が上がる。

「……どんな肴でも酒は進むくせに」

笑いながら秀尚が言うと、

「まあ、そう言うなって。確かに塩でも飲める俺らだが、やっぱりうまい肴がありゃ、満足度が違うってもんだ」

「そうそう。話も弾むしねぇ」

ご機嫌モードの稲荷たちが返してくる。

「まあ、どんなもの出してもおいしく食べてもらえて嬉しいですけど」

言いながら、今度はナスを切り、田楽《でんがく》の準備をする。

それを出し終えた後、シメの丼を出す頃合いになったので、準備をした。

イクラだけでは味が単調になるので、半分には焼鮭のほぐし身を載せ、アクセントに残った明太子をトッピングする。

「丼ものが出たってことは、そろそろ閉店かぁ……」

名残惜しそうに一人の稲荷が言う。

「本日も御来店ありがとうございました」

言いながら丼を一人一人に出していく。

彼らが丼を食べている間にまだ洗っていなかった皿や調理器具類を洗う。手が空くたびにちょこちょこと洗っては片づけていたので、残っているのは大した量ではない。彼らが食べ終える頃には洗い終えるし、そうなればあとは丼と、コップを洗えば今日は終了だ。

——十二時半には眠れるな。

起床五時は変わっていないが、子供たちの昼寝に付き合うこともあるので睡眠時間はきちんととれているほうだ。

算段を頭の中でつけていると、一人の稲荷が不意に聞いた。

「刺身とかって無理なのか？」

「持ち込みしてくれれば、出せますけど……そういう意味じゃないですよね？」

常時、生物を出せ、と言っているのだとは思う。だが、無理だ。

「冷蔵庫があれば鮮度を保てるんですけど、ここ、冷蔵庫がないんで、生物はいつも調理する直前に本宮から配達してもらってるんですよね」

冷蔵庫がないので、今は食事のたびに仕込みをしている。

だが、あれば時間のある時に常備菜を作っておいたり、下ごしらえしたものを使い回したりして、今よりも効率は上がるし、もっといろいろなものを食べてもらえるだろう。

「冷蔵庫かぁ……」

「確か本宮の厨には置いてたと思うけどなぁ。アレだろ？　冷えてる保存箱っていうか」

本宮の厨にあるものがどういう形状のものかは分からないが、稲荷の言うとおり「冷えてる保存箱」で間違いない。

「そうです」

「こっちでも何とかしてもらえるんじゃない？　薄緋殿に聞いてみたら？」

冷蔵庫があれば、多分もっといろいろなものが食べられる、ということをうっすらと理解している様子の稲荷はそう助言してくる。

その助言を得て、翌日の朝食後、秀尚は後片づけを手伝ってくれている薄緋に相談してみることにした。

「冷蔵庫、ですか……」

やや反応が鈍いというか、たんにいつものように感情の起伏が少ないのでそう思えるだけかもしれないが、もしかしたら「冷蔵庫」が何か分かっていないのかもしれない。

「えっと、調理した料理を冷やして保存したりできるもので……」

「ええ、知っていますよ……」

どうやら冷蔵庫の存在は知っているらしい。

「冷蔵庫があれば仕込みの効率も上がるので、あれば嬉しいんですけど、無理なら別にいいんです。今までどおりでも、全然」

なんとなく、贅沢なものをおねだりしている気分になって、引け気味な言葉を添える。

だが、薄緋は、

「そうですね……分かりました、検討します」

と、返してくれた。

「他に、何かありますか?」

「いえ、大丈夫です」

「他にも、何か思いついたら言ってください」

薄緋はそう言うと、最後の皿を拭きあげて厨を後にした。

「……もしかして、期待しちゃってもいいのかなー?」

即座に「無理です」と言われなかったので、もしかしたら何とかなるかもしれないなと思いながら、秀尚も厨を出た。

これから、昼食準備までは自由時間だ。

とはいえ、自由になることはほぼない。

「「かーのーさんっ」」

廊下に出るなり、見事なハモりで名前を呼ばれた。

呼んだのは当然、浅葱と萌黄だ。

即座に二人は左右に分かれて秀尚と手を繋いでくる。

「かのさん、おそとであそぼ!」

「だめです。きょうは、おへやでつみきをするんです!」

浅葱と萌黄は、それぞれ秀尚と遊びたいことが異なり、自分の意見を主張し始める。活発な浅葱はアウトドア派で、大人しい萌黄はインドア派だ。

「昨日は外で遊んだろ？　今日は中で遊ばないか？」

秀尚の言葉に萌黄は嬉しそうな顔をするが、浅葱は膨《ふく》れっ面《つら》になり、

「えー！　あしたはあめがふるって、うすあけさまがいってた。だからきょうはそとであそぶの！」

と、主張してくる。

確かに雨が降れば外で遊ぶのは無理だろう。

とはいえ、昨日はジャンケンで負けて外での遊びに付き合った萌黄は涙目で訴える。

「でも、でも、きのう、きょうはおへやであそぶって……」

「あしたはへやであそべるじゃんかー！」

しかし、浅葱も引かない。

そうこうするうちに他の子供たちも集まってきて、外派と中派に左右に分かれて騒ぎ始めた。

秀尚は繋がれた手をほどくと、一つ手を叩き、

「はい、みんなそこまで！」

子供たちを静かにさせる。

「明日、雨が降るっていうのは本当なんだな？」

秀尚は今日外で遊びたいための嘘ではないかと確認するように聞いた。だが浅葱ははっきりと頷いた。

「あめだよ。あさからずっと、あめだって」

「分かった。じゃあ、明日は、中で遊ぼうな」

秀尚の言葉に浅葱は「じゃあ、きょうはそと?」と目をキラキラさせて問い、萌黄は目から今にも涙を零《こぼ》しそうになっている。

「萌黄、泣くなって」

秀尚は萌黄の頭を撫でてから、

「今日は、今から外で遊んで、お昼ご飯の後は中で遊ぶ。明日は一日、中で遊ぶから、どっちも一日半ずつで、ちょうど半分こだろ?」

説明してやると、萌黄は少し考えてから頷いた。

「じゃあ、今から、外行こうか」

秀尚はそう言うと再び手を繋ぎ直し、子供たちと外へと向かう。

外での遊びは、鬼ごっことかくれんぼという素朴《そぼく》なものだが、そこに最近バリエーションが加わった。

缶けりと、かくれんぼ化け学プラス——秀尚が命名した——だ。

缶けりは普通のものだが、かくれんぼのほうは、少し違う。

一般的なかくれんぼのように隠れてもいいし、浅葱と萌黄のように変化《へんげ》の術を使えるものは、何か物に化けてもいい。

ただ、術を使えるといってもまだまだヘタというか、完成度は低い。

そのため、耳や尻尾が残ったままで即バレすることがほとんどで、最近では普通に隠れる率のほうが高くなっている。

それでも果敢《かかん》に何かに化けるのに挑戦するのは浅葱だ。

今日、まず遊び始めたのは、かくれんぼ化け学プラスからだ。

最初の鬼は秀尚が買って出たのだが、百まで数え終わり、振り返った瞬間、浅葱だと思われるものを見つけた。

少し先にあったそれは、岩だった。

さっきまでは存在しなかったその岩は、サイズ的にも座り込んだ浅葱くらいの大きさで、尻尾がついていた。

いきなり現れた岩という不自然さ、隠れていない尻尾。

どうやっても無理がある。

——努力は買おう、努力は……。

真っ先に見つけてやるのだけはやめよう、と秀尚は気づいていないふりで岩に近づく。

そこから他の子供が隠れていそうなところに行こうと思ったのだが、秀尚が近づくと、岩から出ている尻尾がそわそわと動きだした。

――おい……。

一発バレはしていない、というふうを装ってやろうとしているのに、それはないだろうと正直思う。

それでも、浅葱の努力を買ってやろうと思ったのだが、秀尚がもう少し近づいた時、それまで出ていなかった耳が出た。

恐らく「バレるかな？　大丈夫かな？」とそっちに気を取られて、術が制御できなくなったのだろう。

――あー……、これは見逃したら、逆に失礼だよな。

それに本人のためにもならない。

秀尚は岩にまっすぐに近づき、ぽんっと触れた。

「はい、見つけた」

「えー！」

言葉とともに目の前で岩が浅葱に戻る。

「なんでわかったの？　きょうはちゃんと、みみかくしたのに！」

納得がいかない！　という顔で抗議する。

「尻尾が出てた。それから、俺が近づいたらソワソワして尻尾が動きだしたし、耳も出てきた。あと、さっきまでなかった岩がいきなりそこにあったら、変だろ？」

的確に指摘すると、浅葱は「ちぇー！　きょうはうまくばけれたとおもったのにー」と言うが、落ち込んではいない様子で秀尚と手を繋いでくる。

見つかってしまったら、土の上に線を引いて作った檻の中にいなくてはいけないのだが、一人で待たせるのも退屈だろうととりあえず一緒に他の子供を探しに行く。

あわいの地全体の敷地は広いのだが、かくれんぼに使う場所は館の裏から畑の手前まで、と決めてあるので探す場所は限られている。

十五分ほどで全員が見つかり、次は缶けりだ。

それが終わると影踏みが始まり、せいたか鬼へと続く。

一通り遊び終わる頃、昼の仕込み時間が近づいていたので全員で畑に行って昼食に使う野菜を収穫した。

収穫したものを持って、秀尚は館の厨へと戻り、子供たちは畑の整備だ。

以前よりも植えるものの種類が増えたので、使う面積もかなり広がった。

そのため以前は当番制だった畑仕事は、今は全員で行うことに変わった。みんなで畝《うね》に生えてくる雑草を抜いたり、虫がついていないか見回るのだ。

昼食が終わり、秀尚が後片づけを終える頃合いを見計らって、萌黄が厨へ秀尚を迎えに来た。

午後からは館の中で遊ぶと約束したからだ。

室内で最初にしたのは、ブロック遊びだ。

人界に出る稲荷が子供たちのために買ってくることもあるが、基本的には人界でいらなくなったものらしい。

稲荷の中には人のふりをして暮らしながら、人界を見守ったり、その地の状況を見定めたりする役目の者がいる。

彼らはうまく人界に溶け込んでいて、各家庭で子供の成長とともに不要になったおもちゃをもらってきてくれるのだと薄緋が言っていた。

相手も、捨ててしまうよりは活用してもらいたいという気持ちが強いので、快く譲ってくれるそうだ。

そのため、ブロックや積木、プラスチックレールの電車などは子供部屋にかなりの数があり、取り合いをせずともすむ。

「ここのぶろっく、ながいのがいいです」

ブロックが大好きな萌黄は頭の中の設計図を一生懸命形にしようと頑張っている。

「長いの…さっき見たぞ」

秀尚がブロックの入った籠をあさっていると、目当てのブロックを見つけた寿々が口にくわえて取り出した。

「おー、すーちゃん凄いなぁ」

褒めてやりながら頭を撫でると、寿々は嬉しそうに尻尾を振った。

仔狐姿の三匹にとって、自分で作ることが難しい積み木やブロック遊びは楽しくないんじゃないかと最初思っていたが、彼らはみんなが探す形のものをいち早く見つけ出す、という遊び方をしているらしく、それなりに楽しそうだ。

ブロック遊びが終わると、絵本タイムで、みんながそれぞれ読んでほしい絵本を手に秀尚の許にやってくる。

「浦島太郎《うらしまたろう》は浜辺で子供たちが何かを囲んで騒いでいるのに気づきました。近づいて見ると子供たちはカメを棒で突いたり、石を投げて甲羅《こうら》に当てたりして、いじめていたのです」

胡坐を組んで絵本を読む秀尚の膝の上は、入れ替わり立ち替わり子供たちに占領される。膝の上を諦めた子供は秀尚の隣にぴったり張りつくようにして座り、仔狐姿の者は体が小さいのを生かして隙間にうまくはまり込む形で収まる。

みんなまだ、親の許で甘えて暮らしていたい年齢なのだ。

しかし、普通の狐とは違うために、親許から離され、寂しいのだろう。

自分より体の大きな者に身を寄せるのは、もしかすると安心感を得るためなのかもしれない、と思う。

秀尚にぴったり張りついて安心したことや、午前中に元気いっぱい遊んだこと、それから昼寝時間が近づいていることもあって、絵本の途中で子供たちはどんどん沈没していった。

簡単な手伝い以外は食べて遊んで寝て、そしてまた食べて遊んで寝る、というのが彼らの日常だ。

全員がピクリとも動かなくなるまで寝入ってから、秀尚は膝の上の子供を下ろして寝かしつけると、全員にハーフケットをかけてやる。

すやすやと眠る子供たちを見ながら、秀尚も空いたスペースに横たわり少しの間眠る。

だいたい三十分くらい眠って、子供たちを起こさないようにそっと起き、夕食の準備に厨へと向かった。

「ああ、来たね」

戸を開けると、そこには冬雪と、そして薄緋がいた。

「こんにちは……」

ぺこりと頭を下げ、中に入る。

「今、冬雪殿がこれを持ってきてくださったんです」

薄緋が言って、これまで何もなかった壁面の台の上に置かれた観音開きのタンスのようなものを指差した。奥行は六十センチほどで、幅と高さは一メートルほどの大きさだ。

「……食器棚、ですか？」

今、食器類は扉のついていない棚にしまっている。それで不自由はしていないのだが、もしかするとほこりが気になっていたのだろうかと思う。

しかし、薄緋は頭を横に振った。

「違います。今朝がた、あなたが言っていた冷蔵庫ですよ」

「えっ、冷蔵庫なんですか？」

どう見ても食器棚かタンスだ。

「そうだよ。本宮の厨から運んできたんだ」

冬雪がにこやかに言う。

——っていうか、冷蔵庫って電気いるよな？　ここって電気使えるんだっけ？

みんなで使う台所と食堂、そして大広間と廊下には灯りがある。

最初は電灯だと思っていたのだが、電気でどうこうしているわけではなく、蛍《ほたる》が照らしているのだ。

何でも、そういう役目を与えられた蛍で、プライドを持って仕事をしているらしい。彼らも食事は必要としないらしいのだが、秀尚はおやつにと甘い蜜を作って差し入れをしている。蜂蜜で作ったり、米飴で作ったりと味を変えていて、減りも早いのでなかなか好評のようだ。

そのようなわけで、ここに電気が通っているなどというのは聞いたことがなかった。聞かないから教えられていないだけで、もしかしたらあるのかなと思いつつ、

「開けてみて」

冬雪に促されて観音開きの扉を思いきって開ける。

すると、四段に分かれた棚の、ちょうど秀尚の目の高さの棚板のところに、おかっぱ髪に赤い絣《かすり》の着物を纏い、ミトン型の手袋に藁靴《わらぐつ》を履いた子供が十五人ほど入っていた。大きさは十センチほどで、二頭身から三頭身くらいだろう。その子たちが縦に三列に並んで、左右に波打つように体を揺らしていた。

「え……何、可愛い」

最初の感想はそれだ。

そんな秀尚に冬雪は笑った。

「驚かないんだねぇ」

「あー、それより可愛さが勝りました。えっと、この子たちは……」

問う秀尚に冬雪は笑いながら説明する。

「契約してる雪女《ゆきおんな》さんのところのお嬢さんたちでね。この子たちが箱の中を冷やしてくれるんだ」

「そうなんですね。えっと、これからよろしくお願いします」

秀尚は目の前のゆきんこたちに頭を下げる。するとゆきんこたちも揃ってぺこりと頭を下げてきた。

——かーわいい……。

思わず笑みが零れる。

「基本的には箱の中の人数で温度を調整するらしいんだ。説明書を書いてもらってきたから、これに目を通してくれるかな」

冬雪は懐から書付を取り出すと、秀尚に渡した。

「ありがとうございます」

「これで、もっといろいろおいしいものが食べられるなら、僕としても嬉しいからね」

冬雪はそう言うと厨を出ていく。

彼を見送ってから、秀尚は開けっぱなしの冷蔵庫の扉を一旦閉めた。

そして、もらった書付を開く。そこには達筆な筆文字で説明と、箱の図が描かれていた。

今、持ってきてくれた箱の大きさだと、一段に一人くらいの計算で冷蔵庫として機能するらしい。

ただ、冷蔵庫に長時間置くと、ゆきんこたちには温度が高いため弱ってしまい、最悪の場合溶けていなくなってしまうので、一日で交代させなくてはならないようだ。

そのため、冷凍庫として使うもう一つの箱を準備し、そちらで休憩と待機をさせる、というのが基本らしい。

「ってことは、今、この冷蔵庫は冷凍庫状態ってことですね」

一段に一人でいいなら、四段あるこの箱には四人が適正なわけで、今の人数だと完全に冷凍庫だ。

「薄緋さん、この半分くらいの大きさの箱って、ありますか？　きちんと蓋が閉まる感じのもので、できれば水とかそう言うのが漏れない造りだと嬉しいです」

「これのように、扉がついているようなものではなく、普通の箱でよければ……」

「見せてもらえますか？」

秀尚が問うと、薄緋は少し待っていてください、と言って一度厨を出ていった。そして五分ほどして戻ってきた時には、思ったような大きさの漆塗《うるし》りの箱を持ってきた。

「これでどうです？」

「ちょうどいいですけど、漆塗りって氷とか入れても大丈夫ですか？」

特に飾りつけのないシンプルなものだが、今時のウレタン漆ではなく、本漆の箱だろう。本漆の扱いはいろいろと繊細《せんさい》だと知っている秀尚は、心配になった。

「大丈夫ですよ……。術をかけますから」

薄緋は言うと蓋の上に指先で文様を描き、それを両手で押さえるようにした。

「どうぞ」

言葉とともに差し出された箱を受け取った秀尚は、冷蔵庫の脇に蓋を開けた箱を置き、それから再び冷蔵庫の扉を開いた。

さっきとは違い、円陣を組んで何やら遊んでいたゆきんこたちは、扉が開いた気配に急いで整列する。

「遊んでるのに、ごめんね。こっちの箱、冷蔵庫として使いたいから、四人だけこっちに残ってお仕事してくれるかな？　明日、交代してもらうから。残りの子は別の箱に移って、休んでてもらえる？」

秀尚が言うと、ゆきんこたちは顔を見合わせ、それから再度円陣を組んで何やら相談し合う。

ややあって、四人のゆきんこが挙手した。

彼女たちが今日の冷蔵庫当番なのだろう。

手を上げた四人を残し、残りは冷凍庫として使用する箱に移ってもらった。

「冷蔵庫が使えるとなると……作れるもの増えるなぁ」

ウキウキしながら呟く秀尚に、薄緋は少し微笑んだ。

「これから、さらに食事の時間が楽しみになりますね……」

「ご期待に添えるように頑張ります」

秀尚はそう言うと、早速夕食の仕込みを始めた。

冷蔵庫と冷凍庫が使えるようになった威力《いりょく》は凄かった。

事前に仕込みをしておけるものが増えたおかげで、品数も増え、格段に凝った料理も作れるようになった。

手始めに秀尚が作ったのは、朝食のフレンチトーストだ。

パン食の日はこれまでにも何度かあったのだが、フレンチトーストは卵液に浸《つ》けておく間が常温だと衛生的にマズイ気がして作れずにいたのだ。

せっかく冷蔵庫が来たのだから、と真っ先にそれを作って出したところ、子供たちは大喜びだった。

目新しさももちろんあったのだろうが、やはり甘味《かんみ》が好きらしい。

「あしたもたべたい！　おかわりもしたい！」

とみんなが口々に言うので、翌日もそれになったほどだ。

もちろん、これまでは保存の関係であまり頻繁に作れなかった肉、魚関係の料理も多く出せるようになった。

その恩恵が一番に出たのは、居酒屋メニューだ。

「小アジの南蛮《なんばん》漬けどうぞー」

いつものように配膳台を囲んで酒を飲む稲荷の前にどん、と大皿で南蛮漬けを出す。

「おお。ここじゃ初めての品物じゃないか」

陽炎が身を乗り出してくる。

「冷蔵庫が来てから、こういう漬け込む料理とかもできるようになったんですよ。常温でもある程度大丈夫な気はするんですけど、やっぱりちょっと怖かったんで」

フレンチトーストと同じ理由で作れなかったのだが、解禁だ。それ以外には豆腐を使った料理も意外とできなかった。

理由は、豆腐が腐りやすいからだ。

常温で一日放置とかでなければ大丈夫だと分かっているのだが、冷やして保存、を常識として育ってきた秀尚にとっては、やはり常温で放置しておくことは怖くてできなかった。

「肉系のものも何かお願いできるかな？」

陽炎の隣に座った冬雪がリクエストする。

「鶏《とり》ハムがあるんで、それでサラダでもしましょうか？　それとも一口とんかつがいいですか？」

「うーん、悩ましいなぁ……。この時間だから鶏ハム……、いや、やっぱり一口とんかつで」

悩んだものの、揚げものの誘惑には勝てないらしい。

「じゃあ、俺、鶏のから揚げを頼むか」

冬雪の隣でニヤニヤしながら陽炎が言う。

「ちょっと！　そうやって誘惑しないでよ！」

冬雪が悲鳴にも似た声で言い、陽炎を見る。

陽炎と冬雪は同じ六尾の稲荷で、歳回りも近いようなのだが、違う点は体格だ。

陽炎は秀尚よりも五センチほど背が高いので、一七〇後半くらいだろう。冬雪はそれよりも高く、一八〇半ばくらいあるのではないかと思う。

だが、陽炎は、細い。華奢《きゃしゃ》という言い方をすれば多少は聞こえがいいのかもしれないが、ヒョロい。

これでも脱いだら結構なものだぞ、などと以前言っていたが、別に脱いでもらっても何も嬉しくないので見てはいない。

対して冬雪はしっかりと筋肉のついた体つきに見える。裸を見たわけではないので、服の上から察するだけだが、決してゴツイというイメージはないし、女子にかなり人気がありそうな締まった綺麗な体格だと思う。

しかし、最近太ったと言って悩んでいるのだ。

理由は、この居酒屋ができたから、らしい。

そもそも食べなくてもいい存在の彼らが摂取した食事が、どのように体に作用するのかは分からないし、見た目にはまったく変化は感じないのだが、本人いわく太ったそうなのだ。

——まあ深夜に近い時間に酒飲んでアテ食ってりゃ、分かる気がするけど……。

秀尚は胸の内で思いつつも、言葉にはしなかった。

「別に俺が好きで頼むだけなんだから、おまえさんは無理に食べなくてもいいんだぞ」

陽炎が相変わらずニヤニヤと、悪だくみをしている時のような笑みを浮かべて言う。

「そんなの、無理に決まってるよ！　絶対おいしいのは分かりきってるんだから！　おいしいものが出たら、食べたくなるのは必然だよ？」

「肴がうまいと、酒もさらに進むしねぇ……」

二人のやりとりを聞いていた他の稲荷が笑いながら、

「あ、冷酒出そーっと！」

と言って立ち上がると、冷蔵庫に向かい、中から冷酒の瓶を取り出した。

酒好きの彼が自分専用に持ってきて冷やしているものだ。

「冷酒、いいねぇ。俺にも一杯」

陽炎が自分の猪口《ちょこ》を干して催促する。

「一杯だけだよー？　冬雪、あんたは？」

取り出した冷酒を陽炎の猪口に注ぎながら問うその声に、

「どうしてそうやって、誘惑ばっかりするのかなぁ……」

困った顔をしながらも、自分も猪口に残っていた酒を飲み干して相手に差し出している。

「自制する気、ほぼゼロじゃないですか」

笑って言いながら、秀尚は一口とんかつとから揚げの準備を始める。

今夜も居酒屋は酒飲みの稲荷たちで盛況なのだった。

七

「ジャガイモ、立派なのたくさん採れたなぁ」

数日後、子供たちと一緒に昼食用の野菜を収穫に出た秀尚は、採れた野菜を持って子供たちと一緒に館に戻ってきた。

「あ、うすあけさまだー」

「うすあけさま、どこかにいくんですか?」

館の前まで来ると、ちょうど薄緋が出てきたところだった。

子供たちが問うのに、

「ええ……、本宮へ。すぐ戻りますよ」

薄緋はいつもの静かな声で返した。

「うすあけさま、きをつけてねー」

笑顔で見送る子供たちに、薄緋は穏やかに微笑む。

秀尚も会釈をした後、入り口の階段で一度足を止め、手にした籠を下に置いて、いつものように二礼二拍手一礼をする。

子供たちもそれにならって、同じように二礼二拍手一礼をした。

「じゃ、入ろっか」

再び籠を持ち、子供たちを促して階段を上ろうとすると、下りてきた薄緋が足を止め、怪訝そうな顔で秀尚を見ていた。

どうしたんだろうか、と思い、問おうとした時、

「薄緋殿、こちらでしたか！　本宮より、こちらに来る前に立ち寄ってほしいところがあるとご連絡が……」

警備の稲荷が走ってきて、薄緋は急いで本宮に向かっていった。

薄緋の様子が気になったものの、秀尚は子供たちと一緒に館の中に入った。


昼食はツナピラフと付け合わせにフライドポテト、それからほうれん草とキノコのサラダにした。

すぐに戻る、という言葉どおり、薄緋は昼前に戻ってきて、みんなと一緒に昼食を取った。

昼食後、子供たちは遊びに出かけ、秀尚は薄緋に手伝ってもらいながら、後片づけに入

る。それは、薄緋に余程の用事がない限りはいつものことだ。

片づけを始めて間もなく、薄緋が話しかけてきた。

「一つ、聞いてもいいでしょうか？」

「はい。なんですか？」

「今日、館に入る前に階段の下で、柏手を打っていましたが……、あれは…？」

あれは……？　と聞かれても、それがここのしきたりのはずだ。

変わったことを聞くなと思いつつ、

「ここに来てすぐの頃、陽炎さんに館に入る前はそうするのがしきたりだって言われたんで、ずっとやってます、けど……」

そう返事をすると、薄緋は「は？」とでも言いそうな顔をした。

「……陽炎殿が、ですか……」

「そうです、けど……」

物凄く嫌な感じがした。

陽炎は口調の軽さどおり、性格も軽い。

軽薄というわけではなく、軽妙なのだ。

そのため、秀尚にとってはかなり親しみやすい相手だった。

だが、それと同時に、結構いたずら好きであることも、最近知った。

居酒屋で同席する他の稲荷をからかって遊んでいるのはしょっちゅうだ。

「……もしかして、嘘、なんですか？」

秀尚が問う。それに薄緋はどう答えたものか、という表情を見せた後、

「少なくとも、私はそういったことは存じ上げないのですが」

やや遠回しながら、肯定してきた。

――あのクソ稲荷！

秀尚が胸の内で怒鳴ったその時、

「今日の昼飯はなんだい？」

休憩交代の関係上少し遅れて、秀尚が準備した弁当を取りに陽炎がやってきた。

その陽炎に向かって、秀尚は駆け出した。

とはいえ五歩もあれば到達する距離だ。

「えぁ？　どうし……」

どうした？　と陽炎が問う間もなく、秀尚は残り一歩を跳躍し、そのまま陽炎にフライングニーキックをお見舞いした。

まさかそんな荒技を繰り出されるとは思っていなかった陽炎は、みぞおちにまともに食らった。

「お……っふ……」

勢いでふらつきながら、前かがみで膝の入ったみぞおちを両手で押さえる。その陽炎の肩を秀尚はガッシと捕らえる。

「待て待て待て待て！　暴力反対！」

ただ事ではないことを身をもって知った陽炎は、慌てて秀尚を止めようと言葉を紡ぐ。

「話せば分かる、話せば！」

必死感満載の陽炎に、

「何、嘘教えてんだ？　アァ？」

ほぼマジギレモードで秀尚は返した。

だが、陽炎は何を言われたか分からない、という顔をする。

「え？　嘘って……？」

視線をさまよわせる陽炎は何のことか本当に察しがついていない様子で、そんな陽炎に薄緋が言った。

「加ノ原殿に、館に入る時には二礼二拍手一礼が必要だなんて、嘘を教えたでしょう」

それに陽炎はしばらく考えるような間を置いた後、思い出したらしく、ハッとした顔をする。

「え……、本気にしたのか？　ただの稲荷ジョークだろ、あれは」

言い訳にもならない言葉を口にする陽炎に、秀尚はマジギレモード続行のまま、返す。

「あの時の俺が、冗談かどうか区別がつくとでも？　ここに来た翌日で、ここのことなんにも分かってない状態で、六本もある尻尾をわっさわっさ揺らしてる奴に言われりゃ、信じるに決まってんだろうが！」

「いやいや、もうあれから随分経ってるだろ？　まさか未《いま》だに信じてるとは思ってなかったし！　ていうか、おまえさんもおかしいと思えよ！」

などと、陽炎は多少秀尚にも原因があるというようなことを言ってきたので、秀尚は掴んでいた陽炎の肩から手を離した。

「分かりました」

秀尚の言葉に、陽炎は「あ、理解してもらえた？」というような顔をする。その陽炎に、

「今日からしばらく弁当抜きです」

冷たく言い放ち、秀尚は踵を返して流し台へと向かおうとする。

その秀尚の手を咄嗟に陽炎は掴んだ。

「ちょ！　待ってくれ！　それだけはなにとぞ‼」

完全に秀尚に胃袋を掴まれている陽炎の目は必死だった。

「嫌です」

「頼むって！　それだけを生きがいに仕事頑張ってるって言ってもいいくらいだ。他の罰なら受ける！」

「ていうか、手、痛いんですけど」

必死らしく、秀尚の手を握る力が対握力計モードに近い。

「あ、すまん」

慌てて陽炎は手を離す。

あまりの必死さに、陽炎が冗談やからかうのが好きなのは知っているので、本気でこっちが怒るというのも、あまり格好のつかないことでもあるのだ。

それが分かっていたので、

「分かりました。じゃあ、そこで正座しててください。二時間と言いたいところですが、忙しそうですから一時間でいいですよ」

にっこり笑顔で秀尚は言う。

「この歳で正座って……」

「嫌ならいいです。俺の気がすむまで弁当作らないだけなんで。居酒屋も出禁ですけど」

難色を示した陽炎に、秀尚は即座に返す。

「正座ですむなら、安いものでしょう……?」

薄緋が、呆れたのをまったく隠さない声音で言う。

陽炎は「それもそうだな」と、その場に正座をした。

それを見届けてから、秀尚は流し台へと戻り、片づけの続きをする。

いつもなら片づけが終われば部屋に引きあげるか、子供たちの許に行く——というか拉致《らち》される——のだが、陽炎の仕置き中なので夕食の仕込みをしてしまうことにした。

「お、夕食の準備か？　今夜はなんだ？」

仕置きの正座中だというのに、陽炎は興味津々な様子で聞いてくる。

「教えません」

「イモが大量にあるところを見ると、肉じゃがか？　いや、カレーの可能性も高いな」

昼食用に収穫してきたジャガイモの残りがあるのを遠目からでも認識したのか、推理してくる。

「カレーだろうとなんだろうと、陽炎さんに関係ないじゃないですか。今日、頼まれてたのは朝と昼の弁当だけですから。今から作るのは居酒屋のほうでは出さないメニューです」

仕置き中だということを忘れんな、という気持ちを込めて、冷たく言ってみる。

しかし、それくらいでひるむような陽炎ではなかった。

「俺はカレーが好きだな。イモの入った普通のも好きだが、シーフードとかいうイカやらエビやら入ったものが特に」

などと、遠回しに「今度作ってほしい」というようなアピールを兼ねて言ってくる始末だ。

「……反省してもらうための正座なんですけど？　分かってます？」

眉根を寄せて、陽炎を見ながら言う。それに陽炎は頷いた。笑顔で。

「もちろんだとも」

「笑顔の時点で分かってなさそうなんですけど……。足の下にすりこぎと麺棒でも入れてみます？」

秀尚は言いながら、調理道具の中からその二本の棒を手にした。

「それ、拷問じゃないか」

「そのほうが、よく反省できると思うんですよね」

その言葉とともに、陽炎に近づこうとした時、厨の戸が開いた。

「かのさん！　なんかちょーだい！」

「おやつたべたいです」

浅葱と萌黄だ。二人はまっすぐに秀尚に走り寄って左右から足に抱きつく。

「おやつは昼寝の後だろう？　それに、さっき昼飯食ったとこじゃないか」

苦笑しながら秀尚は二人の頭を撫でる。

それが嬉しいのか、二人は笑顔で、尻尾をご機嫌そうにパタパタ揺らした。

「おそとはしってたら、おなかすいちゃったもん」

「ちょっとでいいから、なにかほしいです」

可愛くおねだりをしてくる二人には勝てない。とはいえ、何の準備もしていないので、

「しょうがないな、ちょっと待ってろ」

秀尚は一旦二人から離れ、冷蔵庫に向かった。

ほどよく冷えた冷蔵庫の中ではゆきんこが今日も元気にお仕事中で、ミニトマトを二つ取り出すと、軽く水洗いをする。

「はい、あーんして」

言われて、浅葱と萌黄は同時に口を大きく開ける。

その口の中に秀尚はミニトマトを一つずつ入れた。

「あまーい」

「おいしいです」

二人はにこにこしながら言う。

「いいなぁ。俺もそのトマト……」

なりゆきを見ていた陽炎がねだる。その声に、陽炎がいたことにやっと気づいた二人は、

「あ！　かぎろいさまー」

パタパタと走り寄り、陽炎の左右の足の上にそれぞれ遠慮なく座った。

「さすがに正座に二人はキツイんだがな」

可愛らしい石抱きの刑になった陽炎は苦笑するが、二人に下りろとは言わなかった。

警備の稲荷たちは、外で会えば気軽に遊びに付き合ってくれたりしていて、子供たちはみんな彼らが好きだ。

特に陽炎は一緒になって遊んでいる、というくらいの勢いで、恐らく一番好かれているのではないかと思う。

「かぎろいさま、あのね、はたけの〝とうもころし〟、もうすぐできるよ」

「かのさんが、ゆでてくれるんです」

二人はにこにこしながら言う。

「そりゃ〝とうもろこし〟だな。旬の時期じゃないから少し時間がかかったが楽しみ……」

陽炎はそう言った瞬間、何かを察したような顔をした。どうしたんだろうと思う間もなく、

「浅葱、萌黄、こちらへおいでなさい」

薄緋が入ってきて二人を呼び寄せ、陽炎は二人を膝の上から下ろすと急いで立ち上がり、厨を出ていった。

「どうかしたんですか？」

何かがあったことは間違いなさそうだが、秀尚は分からなくて薄緋に問う。

「時空が、またどこかと繋がって、厄介な侵入者があったのでしょう……」

薄緋はやや心配そうな顔をしていた。

時空が繋がる、というのは、つまり自分が来た時と同じようなことだろう。

「多いんですか？　時空が繋がっちゃうことって」

「そうですね……、もともとこの地は不安定なので少なからずありましたが、最近は増えていますね。それに伴う侵入者も多いですし」

薄緋の様子から、剣呑《けんのん》なことだというのが察せられた。

「ちょっと、物騒な感じですね」

詳しく聞くのがためらわれてそう言うに止《とど》めたが、秀尚の言葉に薄緋は思案顔のままだ。

その時、小さな足音が近づいてきて、陽炎が出ていく際に開け離したままだった戸から、厨の中に子供たちが入ってきた。

「みんな外遊びはもう終わりか？」

言いながら迎え入れてやると、

「あのね、かぎろいさまがなかにはいって、おやつたべなさいって」

「おやつたべるー」

「おやつー！」

口々におやつコールが始まった。

侵入者から守るために館に入れと命じたのだろうが、おやつを餌《えさ》にするとは思わなかった。

「おやつ、かぁ……。お昼寝の後にって思ってたから、まだ作ってないんだ。先にお昼寝しないか？」

秀尚が言うと、浅葱と萌黄も交じって円陣を組み、何やら会議をした後、

「いまたべるー」

笑顔で返してきた。

「そうきたか……しょうがねぇな。十分だけ待ってて、準備するから」

秀尚は苦笑して、もしもの時のためのフルーツ缶詰各種を取り出した。

白桃、黄桃、パイナップルは一口サイズに切り分け、ミカンとチェリーはそのままボウルに入れた。

そこに缶詰のシロップを適量と、サイダーを注ぐ。

「はい、みんな味噌汁のお椀《わん》を持って並んで」

秀尚が言うと、みんな言われたとおりにお椀を持って一列に並ぶ。自分で持つのが難しい狐姿の子の分は、言わずとも他の子供がちゃんと持っていて、そういう優しさを見ると、自分がそうされたように嬉しくなった。

「わぁ……、くだもの、いっぱい！」

お椀に注がれたフルーツポンチに子供たちは目を輝かせる。

食堂に移動して食べ始めると、今度は歓声が上がった。

「おくちのなか、なんだか、くすぐったい！」

「なかで、ちいさいなにかが、うごいてる！」

炭酸が初めてだったらしく大興奮だ。特に水を飲む要領で舌を器に入れた狐姿の子は驚いた様子で顔を引っ込めていた。

「あー、ごめん、ごめん。パチパチすると驚いて飲みづらいよな？　果物だけ別にしような」

秀尚はそう言って寿々たち三匹の分だけ果物とサイダーを別にしてやる。

サイダーは無理そうだったら飲まなくていいから、と言ったのだが、刺激があることが理解できたらあとは平気らしく、尻尾を振って嬉しそうに飲んでいた。

そして子供たちがあっという間におやつを食べ終える頃、陽炎が冬雪とともに他の稲荷に肩を貸しながら食堂に姿を見せた。

「薄緋殿、悪いがちょっと横になれるところを貸してくれないか」

「……景仙《けいぜん》殿、怪我をされたのですか」

薄緋が眉根を寄せながら問う。

「ああ、ちょっとな。処置はしてあるが、二、三時間横にならせてやりたいんだ」

陽炎の言葉に薄緋は頷く。

「どうぞこちらに。皆、食べ終わるところですから。さあ、場所を空けてさしあげなさい」

薄緋に言われ、子供たちは怪我をしたという稲荷を心配しながらもそれぞれのお椀を持って立ち上がる。

秀尚は薄緋とともに食卓を端に寄せ、ついでに少しでも快適に横になれるように、座布団をいくつか並べておいた。

「すみません……」

怪我をした景仙という稲荷がそこに横たえられる。

衣服は少し汚れているが、見えるところに怪我らしい怪我はなかった。

それなのに随分と疲労度が濃い感じがして、一体どういう怪我だったのだろうかと思っていると、子供たちが景仙を囲むようにして座った。

「けいぜんさま、おけが、いたいですか？」

萌黄が心配そうに聞く。

「大丈夫だ、心配をかけてすまないな」

景仙の言葉に、子供たちは神妙な顔をする。

彼らが自分たちを守ってくれている、ということは充分理解しているのだ。

その任務で怪我をしたのだということも。

「いたいのいたいのとんでけ、しますね！」

そう言ったのは豊峯《とよみね》という子供で、彼が立ち上がり「いたいのいたいのとんでけー」と体を左右に揺らしながら唱和し始めた。

決して騒がしくなく、怪我人をいたわるような声で数度繰り返す。

その様子はとても愛らしく、冬雪がとても微笑ましいものを見た、という様子で言う。

「景仙殿、もう、治ったんじゃない？　こんなに可愛らしいお見舞いされて」

「ああ、そうだな。痛みが飛んだら、眠たくなった。ありがとう」

礼を言われて子供たちは照れたように笑う。

「景仙殿を眠らせてさしあげましょう。みんなも昼寝の時間ですよ」

薄緋が促し、子供たちは素直に食堂を後にする。もちろん、いつもの寝かしつけ役である秀尚も一緒に連れ出された。

おやつを作った後の片づけが気になったが、薄緋が片づけくらいならしておく、と言ってくれたので甘えることにした。

というか、侵入者の件で稲荷同士話がありそうな様子だったので、秀尚がいないほうがいいのだろうと思ったのだ。

子供部屋に布団を敷き、子供たちをそれぞれの場所に寝かせて、秀尚は座る。

秀尚の場所は、いつも子供たちの真ん中と決まっていて、左右に誰が行くかは、順番で決めているらしく、今日は寿々と浅葱が隣だ。

「これは、馬鹿な者には見えない衣装でございます、と旅の仕立て屋は言いました」

秀尚は手渡された「裸の王様」の絵本を読みながら、みんなが眠りにつくのを待つ。

大体、一冊目を読み終える頃にはみんな寝てしまっていることが多いのだが、今日は一冊目を読み終わっても、浅葱が起きていた。

「浅葱ちゃん、どうした？　眠くなんないか？」

眠った他の子を起こさないように小さな声で問いかける。

「……けいぜんさま、だいじょうぶかな……」

ぽつりと呟くように浅葱が言う。どうやら心配で眠れないらしい。

「大丈夫だよ。薄緋さんも陽炎さんも、冬雪さんも一緒だっただろ？　それに、痛いの痛いの飛んでけーってしてあげてたから、効果抜群だったと思う」

「……うん」

「明日にはすっかり元気になってると思うよ」

何の根拠もないが、そう言ってやるしかない。

実際、とんでもなく状態が悪ければ、ここには連れてこなかっただろうと思う。

「そうかな」

「多分な。もし、明日会った時にまだ元気がなかったら、また痛いの痛いの飛んでけーってしてあげたらいいよ」

秀尚が言うと、浅葱は頷いた。

「じゃあ、浅葱ちゃんにはもう一つお話読んであげような。何がいい？」

「はなさかじいさん」

リクエストにこたえて、秀尚は言われた絵本を取ってくる。

そして読んでやっていると、浅葱は隣のおじいさんが犬を借りに来る前に眠っていた。

——優しい子たちだよな……。

そう思いながら、秀尚はそっと絵本を閉じ、一緒に仮眠を取った。

◇◆◇

その夜、子供たちが寝入ったのを確認してから明日の仕込みのために厨に立っていると、陽炎が来た。

「よ！　来たぞ」

「いらっしゃいませ。今夜は一番乗りですね」

「一番乗りには何か特別な料理が出たりはするのかい？」

「それは、出せっていう催促ですよね？」

秀尚が返すと、陽炎は、

「話が早くていいねぇ」

と、満足そうに笑い、食器棚から猪口を取り出し、酒を飲む準備を始める。

それを横目に秀尚は子供たちに作った、夕食のカニクリームコロッケの残り二つを揚げ始める。

本当は明日の陽炎の弁当のおかずにしようと思っていたのだが、仕方がない。

綺麗に揚がったコロッケの油を切り、千切りキャベツを添えて出す。

「お待たせしました。カニクリームコロッケです」

「初めて聞く料理だな。名前から察するに、カニが入ってるのか？」

「缶詰のですけどね。生のカニなら塩茹でか、生で食べるのが一番おいしいです」

「焼きガニもイケると思うぞ」

陽炎はそう言って、いただきます、と手を合わせ、コロッケに箸を入れる。とろりとしたクリームが湯気を立て、同時にバターのいい香りがふわりと漂った。

「おお、いい匂いだな」

感嘆の声を上げた陽炎は、箸で分けた半分を口に運ぶ。

「これは……随分うまいじゃないか！」

「そうですか、よかったです」

目を輝かせて言った陽炎に、秀尚はとりあえず礼を言う。

「これを、明日の弁当にも入れてほしいんだが」

よほど気に入ったらしくそう言ってきたが、

「すみません。それ、明日の弁当に入れようと思って取っておいた分なんで、無理です」

「そうだったのか……」

見るからに陽炎はショボンとする。おいしさにピンと立っていた尻尾まで垂れた。

「揚げたてのほうがおいしいから、今でよかったですよ。明日は牛肉の竜田《たった》揚げ入れときますから」

秀尚がそう告げると、また尻尾がピンと立つ。

「そりゃいいな」

即座に笑顔で返してくる陽炎に、分かりやすいなと思うが、自分の料理でテンションを上げてくれているということは嬉しい。

「ああ、そういえば景仙殿がおまえさんにうまいものを食わせてもらったと言っていたが、何を出したんだ？」

陽炎は思い出したように言う。

「ああ、ミネストローネっていう野菜がいっぱいのスープです」

子供たちとの昼寝から、いつもどおり早めに抜け出して夕食の仕込みに厨に来た時、奥の食堂では景仙がぐっすりと眠っていた。

起こさないように気をつけながら仕込みをし、スープを煮込みながら、クリームコロッケのタネを作っていると、景仙が目を覚ました。

食べなくても平気だということは知っているし、一度も居酒屋に来たことがないので、食べない派の稲荷なんだろうなとは思ったが、いちおうスープでもいかがですか、と声をかけてみた。

いらないなら、いらないと言うだろうと思っていたが、景仙は、

「子供たちの食事なのでは？」

と、窺うような言葉を返してきたので、出されたら食べる派と判断し、

「おかわりされた時のことも考えて多めに作ってるんで、大丈夫です。お持ちしますね」

と言って、スープを出したのだ。

「景仙さんの怪我って、酷かったんですか?　血とか、そういうのはなかったみたいですけど」

秀尚の問いに、陽炎は頷いた。

「現場で処置して、傷は塞《ふさ》いだからな。ただ、本人の治癒力を使うからかなり疲れるんだ」

「ああ、それで休んでいたんですね」

「そういうことだ」

「じゃあ、昼間の騒ぎって結構大変だったんだ……」

呟いた秀尚に、陽炎は、まあな、と返した。

「侵入者が最近多いって、薄緋さんが言ってたんですけど、そうなんですか?」

気になっていたことだったので、流れで聞いてみる。

「前に比べると多いな。時空が繋がっちまうのはわりとあったが……」

「その侵入者っていうのは……何者なんですか?」

時空が繋がった時にやってきたというのなら、彼らの言う人界、つまり秀尚が暮らしていた世界の何かなのだろう。

——いや、そうとも限んないか……。人界以外と繋がることもある、とか?

侵入者の正体を頭の中で推理していると、陽炎は猪口の酒を飲みほしてから言った。

「元は人間だ。元はって言うとおかしいな。今も人間なんだが、生身じゃない」

「生身じゃない? 幽霊、とか?」

一気にオカルトめいた話になるな、と思いつつ問うと、陽炎は少し考えるような間を置いた。

「幽霊……とも言えんな。おまえさんたちの世界で、負の感情——怒りや妬《ねた》み、恨み、そういったものに支配されている者の思念が化け物の形をとって、このあわいの地を荒らしに来るんだ。おまえさんのように生身で入り込んでくるのは滅多にない。ある意味希少価値があるぞ」

　陽炎は笑いながら言う。

「希少価値って言われると悪い気はしないっていうか……悪い気はしないけど、なんだろう、喜んでいいとも思えない複雑な気持ちなんですけど」

「それもそうだな。早く人界に戻してやりたいとは思ってるんだが、悪いな」

　意外にも陽炎は謝ってきた。

　陽炎は新しく術の構成を練っては、そのたびに挑戦してくれたが、失敗続きだ。

　それでも、惜しいことは何度かあった。

「おい！　日本だ！　それに時代が近いぞ！」

　と言われて開いた扉の向こうを見てみると、そこは肩パットの入ったスーツやワンレンボディコンの女性が闊歩《かっぽ》している、バブル景気に沸いている日本だった。

　色とりどりの羽根のついた扇子——いわゆるジュリ扇と呼ばれるものを持っている女性もいた。

「よかったな、帰れるんじゃないか?」

「この時代、俺が生まれる前です」

秀尚が返すと、陽炎は驚愕した、というような表情になった。

「え、そんなに前の時代になるのか、これ」

「三十年くらい前じゃないですか?　ていうか陽炎さんだってこの時代、子供でしょ?」

いくらか年上だろうと思って言うと、

「いや、俺、二百歳超えてるんでな……。つい最近みたいな感覚だったんだが」

という言葉が返ってきて、陽炎の年齢に衝撃を受けるのと同時に、「神様スパンでの時間の流れ、怖い」と思ったのだった。

その次に惜しかったのは、時間はここに来た当日に合致した時だ。

「おい!　大チャンスだぞ!」

と陽炎は言い、無理矢理扉の向こうへ行かせようと体を押してきたが、秀尚の目に映ったのは広がる砂漠とピラミッド、さらにはスフィンクスも見えた。

「無理無理無理無理無理っ!　外国だから!　不法入国で一発逮捕だって!」

前科者にはなりたくないんだと叫んだところで、ようやく体を押すのをやめてくれた。

陽炎はノリが軽いのでいつも遊んでいるように見えがちだが、忙しい警備の合間を縫って、新しい術の構成を考えてくれている。

今も、秀尚が帰ることができないのは陽炎の責任ではないのに、謝ってくれて、なんだか申し訳ない気持ちになった。

それと同時に、秀尚の中では感情の変化が起きていて、それを伝えることにした。

「ここに来た最初の頃は、早く帰らないとって焦ってたんですけど、今はもう、そうでもないんですよね」

秀尚の言葉に、陽炎は「どういうことだ」と問うてきた。

「なんていうか、子供たちは可愛いし、陽炎さんたちも含めてみんなおいしいって料理を食べてくれるし……。自分が必要とされてるんなら、こっちにずっといてもいいかなーって思ったりしてて」

ここでの生活は悪くない。

悪くないというよりも快適だ。

だが、陽炎は真面目な顔をして、言った。

「そりゃ、ダメなんじゃないか？」

「え……？」

陽炎の言葉は、意外だった。

ここにずっといる、と言ったら、何となく喜んでくれそうな気がしていたからだ。

「なんで、ですか？」

戸惑いつつ問う秀尚に、陽炎は言った。

「先輩に料理のレシピを盗まれたって話をしてただろう。そのことを、どうも思っていないっていうんならいいが、おまえさん、そうじゃないだろう?」

陽炎の言葉で、秀尚の脳裏に八木原の顔が浮かぶ。途端に憎しみや悔しさが湧き起こってきた。

「おまえさんが『ここに残りたい』と思う気持ちは、嘘じゃないだろうとは思う。だがな、その根っこにあるのは、現実逃避じゃないのか」

そう言われて、秀尚は答えられなかった。

答えが見つからなかったわけではなくて、言われたとおりだからだ。

レシピのことは今でも腹が立つ。

秀尚の中では少しも「終わった」わけではないのだ。

祖父母との思い出を踏みにじられたような気さえして――それが一番、つらい。

黙ってしまった秀尚に、

「まあ、本当にふっきれて元の世界に未練がなくなったら、俺が引導《いんどう》を渡してこっちの人間にしてやろう」

陽炎がそう言った時、厨の戸が開いた。

「あれ、もう来てたんだ。早いね」

入ってきたのは冬雪だ。

「一番乗りの戦利品を食ってたところだ。うまいぞ、おまえに半分やろう」

陽炎は言って、残っていたカニクリームコロッケを皿ごと冬雪のほうへと押しやる。

「一番乗りってそんな特典あるんだ?」

冬雪が座りながら言う。

「今日、勝手に陽炎さんが言いだしたんですよ。それ、本当なら明日の陽炎さんのお弁当のおかずになる予定でしたから」

秀尚が説明すると、

「なんだ、そうだったんだ。じゃあ、明日の陽炎殿のお弁当のおかずは、ふりかけだけだね」

冬雪が笑って言う。

「あ、それいいですね。そうします」

「冬雪！　おまえ余計なことを！」

秀尚が冬雪の言葉に乗るや、陽炎は焦った様子を見せる。

秀尚が本気でそう言っているわけではないと分かってはいても、一応は流れに乗って演じるのが陽炎の流儀《りゅうぎ》のようなものだ。

こうして真面目な話は終わり、居酒屋の本格営業が始まったのだった。

◇◆◇

――根っこにあるのは、現実逃避じゃないのか――。

陽炎の言葉が、不意打ちのように何度も脳裏によみがえる。

そのたびに秀尚は自分がどうしたいのか、繰り返し自分に問いかけては悩んだ。

確かに、こっちにいたいというのは「別にこのままでいい」というだけの気持ちで、積極的に「ここがいい」と思っているわけではない。

けれど、帰ったとして、また八木原と顔を合わせて働くことになるのかと思うと、それは正直嫌だ。

だが、帰れば嫌でもそうなる。

そうすれば、八木原が作ったことになっているレシピがお披露目《ひろめ》されているのを見ることになるだろう。

あのレシピが受けて、八木原が称賛《しょうさん》されても嫌だし、受けなくてメニューから消えてもつらい。

ここにいれば、八木原に会うことも、レシピのことで思い悩むこともない。

それは確かに、陽炎の言うとおり、「現実逃避」だ。

「かのさん、どうしたんですか……？」

心配そうな顔をして、萌黄が秀尚の顔を覗き込む。

午前中の、子供たちの自由時間。秀尚は子供たちの部屋で一緒にプラスチックレールを敷き詰めて、電車を走らせるのを手伝っていた。

だが、ついウダウダと考えごとをしてしまっていたようだ。

「なんでもないよ？」

安心させようと笑ってみせたが、

「かのさん、さみしそうなかお、してました」

萌黄は涙目になりながら言う。

「かのさん、げんきだしてー」

萌黄の様子から秀尚の異変を感じ取ったのか浅葱が抱きついてくる。それを皮切りに、他の子供たちも抱きついてきて、仔狐姿の三匹は膝の上に乗ってきた。

「ありがとう。大丈夫、ちょっと考えごとしてただけだから」

秀尚が言うと、子供たちは心配そうに「ほんとう？」と聞いてくる。

「うん、ホント。みんながギュッてしてくれたから、元気出たよ。ありがと」

笑ってやりながら言うと、「よかったー」と安心した顔を見せ、またレール作りに戻る。

部屋中にレールが張り巡らされ、その上を電車が走り出すと子供たちから歓声が上がる。

「ほんもののでんしゃ、みてみたいなぁ……」

浅葱が呟くと、

「とよはね、ほんもののでんしゃをうんてんしたい！」

豊峯が目を輝かせて言う。

「豊峯ちゃんは大きくなったら電車の運転士さんになりたいのかな」

秀尚が問うと、豊峯は、

「ううん。おおきくなったら、かぎろいさまとかうすあけさまとかみたいなおいなりさまになる！　でんしゃは、おそとにいったときに、ちょっとだけうんてんしたい」

と笑顔で返してきた。

「浅葱ちゃんは大きくなったら、なりたいものとかある？」

流れで問うと、浅葱は少し考えて、

「えっとね、おおきくなったら、かのさんのごはん、もっとたくさんたべられるようになりたい！　いっつもすぐにおなかいっぱいになっちゃうんだもん」

もっとたべたいのに、と少し悔しげに言う。

「萌黄ちゃんは？」

「ぼくは……むずかしいごほんも、いっぱいよめるようになりたいです。ほんぐうには、めずらしいほんがたくさんあるって、とうせつさま、いってました」

インドア派で絵本が大好きな萌黄らしい夢だ。

三人が語りだしたのをきっかけに他の子供たちも口々に夢を話し出す。

その姿はとても生き生きとしていた。

──俺の夢は、料理人になることだったなぁ……。

祖父母の影響で、「料理人」という言葉を知る前から、漠然《ばくぜん》と、おいしい料理を作ってみんなに食べさせたい、と思っていた。

今の自分は、多分夢を叶えた側にいるのだろう。

料理をするのは好きだ。

それは変わらない。

だが、帰ることができたとして、あの職場に戻るのはつらい。

けれど、生きていくためには仕事をしなくてはならない。

そう思うと、また八木原の顔が脳裏をちらついて、気分が重くなった。


「ちょっとぉ、秀《ひで》ちゃんどうしたわけ?　ぼーっとしちゃってさ」

夜、居酒屋の馴染みの稲荷が、すっかり料理を作る手を止めてしまっている秀尚に首を傾げながら聞いてきた。

人界で神社に来たりしない人間の動向などを潜伏調査することも多いというこの稲荷は、最近の潜伏中に見たテレビの影響でなぜかオネエ言葉チックだ。

見た目も中性的なので、違和感がないのが多少怖い。

「あー、ちょっと人界の家族のこと、考えてました」

「こっち来て、わりと経つもんねぇ。一ヶ月半くらいだっけ?」

「そうですね、そのくらいです」

来た当初は、何日めかを数えていたが、ここでの生活が軌道に乗り始めてからはしなくなった。

数えることで空《むな》しくなりそうだったし、ここでの生活が楽しくなっていたからだ。

「いつ帰れるか分かんないっていうのも、つらいだろ?」

居合わせた他の稲荷が聞いた。

「そう、ですね。でも、ここでの生活も楽しいんで、そんなにつらいって感じはないんです。ただ、このままだったら家族が心配するなー、とは思ってて」

今夜は陽炎も冬雪も警備中で居酒屋には来ていない。ここにいる稲荷たちは、レシピの事件は知らないはずだ。

陽炎も冬雪も、軽々しく話すような人たちではないだろうからだ。

だから、秀尚の言葉を信じてくれた様子で深く頷いた。

「そりゃ、いきなり連絡が取れなくなったら心配するよねぇ」

「まあ、でも、騒ぎになる前の時間に戻れればいいわけだからな。あわいの地のいいところは本宮と違って、人界と時間の流れ方が違うってとこだな。まあその分、術の構成が難しいんだが」

神界にある本宮は人界と同じ時間の流れ方をしているらしく、時空の扉を開く時は場所の限定だけらしい。

ここは時間的にも空間的にも切り離された不安定な場所なのだ。

「陽炎さんにも、忙しいのに余計な時間かけさせてしまってて。申し訳ないです」

だが、それを聞いたオネエ口調が笑いながら言った。

「そんなこと、気にしなくていいよぉ。アタシら稲荷は人間の手助けするのが使命だからねぇ」

「そうそう。まあ、ままならんことも多いが」

聞いていた他の稲荷も口を挟む。

「みなさんみたいな神様でも、つらいこととか、やっぱりあるんですか?」

思い切って聞いてみると、全員が頷いた。

「そりゃあ、あるよ。もうたーっくさん！」

「俺らは、人界からは神に属する者の扱いを受けているが、許された力っていうのは限定されてるからな。たとえば人の生死を司《つかさど》ってんのは、また別の連中だ。だから、人界で出会った人間を、数十秒足止めしてやれば事故に遭わずにすむって分かってても、スルーしなきゃなんねぇ。滅多にあることじゃねぇが、キツイな」

「私たちは、願いをかけられて動くってのが基本ですしね……。とはいえ、こちらがその願いに添って動いている時間が待てない方も多くて、間に合わないってこともあります」

みんなそれぞれに思うところ、というか抱えているものはいろいろとあるらしい。

「そういうことがあったりして、落ち込んだ時とか、どうされるんですか？」

秀尚が問うと、一人がにかっと笑う。

「そりゃ、うまい飯食ってうまい酒飲むしかねぇだろ」

「あんたは、何もなくてもそうでしょうが。まあ、基本そうだけど」

オネエ口調が突っ込んだ後で同意して、笑う。

それに全員が笑ってから、

「真面目に話すと、その感情の中に止《とど》まらないことですね。どれだけ遅く重い足取りだとしても決して止まらず、前を見て進む。……神界の稲荷教本では、そう習います。ままならないことも多いですが」

一人が苦笑して静かに言い、全員が頷いた。

「……そうですね。そういう時は難しいけど、頑張ってみます。今は、ここでの生活を全力で楽しもうと思いますけど」

秀尚の言葉に「それがいい」と声が上がり、それから再び楽しい酒の時間が始まった。


明日の仕込みと、居酒屋の営業を終えて部屋に戻ったのは十二時半前だ。

廊下も部屋も、この時間は真っ暗なので——廊下の蛍には、子供たちが寝てしまったら休んでもらうようにしている——、最近は部屋まで常夜蛍《じょうやほたる》についてきてもらっていた。

頼んだわけではないが、いつからかロウソクを手に進む秀尚に蛍が一匹ついてきて、ほんのり柔らかく照らしてくれるようになったので、今は甘えている。

もしかしたら、いつも蜜を差し入れているので、お礼かもしれない。

「おう……今日も盛大に膨らんでんな……」

蛍の灯りに照らされた、秀尚の部屋の布団は、こんもりと膨らんでいた。

多分、今夜も子供が潜り込んで寝ているのだろう。

最近は寝かしつけはちゃんと子供部屋でしていて、眠ったのを確認して厨へ下りているのだが、いつも途中で起きて、秀尚のところに来ている。

しかも、朝になると増えていることも多々ある。

「はいはい、ちょっと空けてもらえるかなー」

言いながら、秀尚は起こさないように仔狐たちを左右に振り分けて自分の寝場所を確保する。

そして間に挟まれるようにして、布団に潜り込んだ。

それを確認すると、蛍はすぅっと灯りを消した。

朝、秀尚と一緒に階下へ下りるのだ。

「蛍、おやすみ」

声をかけて目を閉じる。

両脇から感じる仔狐の温かさは、どこか幸せな気がした。

けれど——自分が、本当にどうすればいいのか分からない。

帰れるなら帰ったほうがいいのだろう。

それでも、八木原と働くのは嫌だ。

——早めに東京に戻してもらう？　それとも転職？

方法の一つではあるが、逃げるようで嫌だ。

けれど、針のむしろのようになるだろう場所に居続ける勇気はなかった。

——どうすればいいんだろ……。

そんなことをくり返し考えるうちに、秀尚は眠りに落ちた。

八

あわいの地の警備の人数が増えたのは、間もなくのことだった。

装備も、以前は腰から刀を下げている程度だったのだが、胸当てや小手、すね当てを身に着けた上、刀の他にもう一本、短めの刀も差していた。

物々しい、という雰囲気は、そのまま現在のあわいの地の危険度を表しているのだろう。

一度薄緋に大丈夫なのかと聞いたのだが、

「ええ、まあ……。備えあれば憂いなしと言いますから」

と、言葉を濁されて終わった。

子供たちも、外で遊ぶのは極力控えることになり、許可されたのは、本当に館のすぐ近く、それもごく短時間遊ぶくらいで、それ以外は一日に一度、食材を畑に採りに行く時しか外出禁止だ。

「だーかーらー、廊下でかけっこはダメだって言っただろ?」

インドア派の子供は外で遊べなくてもまだマシだが、アウトドア派の子供たちは思いきり体を動かすことができないため、そのフラストレーションのたまり具合はなかなかのものだ。

そうなると、直線廊下は格好の遊び場になってしまう。

今日も浅葱と豊峯がかけっこをしていた。

昨日は、インドア派も交じって、ボーリング大会だ。

「だって、つまんないもん」

「もっと、おそとであそびたいー！」

浅葱と豊峯は口を尖らせて不満を述べる。

「仕方ないだろ？　外は危ないんだから」

そう言い聞かせるが、納得できない様子なのは見ていれば分かる。

こうなると、興味の向く先を変えてやるしかない。

「そんなに体を動かしたいなら、おやつ作りを手伝ってくれるか？」

秀尚が言うと、おやつ、の三文字に二人は目を輝かせた。

「てつだうー！」

「おやつ！　おやつ！」

飛び跳ねて喜び始める二人を連れて、秀尚は厨へ向かった。

「かのさん、なにつくるの？」

「なにてつだう？　あじみしたらいい？」

「味見は最後だ。とりあえず、イスを持ってきて、そこに座って手伝えるところまで大人しく座ってて」

秀尚はそう言うと、二人が大人しく配膳台の前に座すのを見届けてから、おやつ作りの準備を始める。

冷蔵庫から牛乳と卵を取り出し、卵は割って卵黄と卵白に分ける。牛乳を弱火にかけて、そこに砂糖を入れ、溶けきるまで熱くなりすぎないように気をつけながらかき混ぜる。

砂糖が溶けきったら火から下ろして、配膳台に置いた。

そして浅葱と豊峯にうちわを渡す。

「はい。二人ともこの牛乳がもう少し冷めるまで煽《あお》いで」

秀尚の言葉に浅葱と豊峯は子供らしく懸命に、後先を考えないハイパワーで煽ぎ始める。

それを見ながら卵黄を解《ほぐ》す。

何度か牛乳の温度を確認し、ほどよく冷めたところで卵黄を入れて混ぜると、再び火にかけた。

「かのさん、なにつくってるの？」

浅葱が聞く。

「なんだと思う？」

問い返してやると、浅葱と豊峯はいろいろと推理し始めた。

「おやつだから、あまいものだよ」

「ぎゅうにゅうと、おさとうと、たまごだから……」

見た材料を口にするがそこから何ができるかまでは分からない様子で、最終的に「あまいなにか」というところに落ち着いた頃、温めていた中身にほどよくとろみがついたので、再び火から下ろす。

そして冷凍庫を開けて氷を取り出すと大きなボウルに氷と水を入れてそこに鍋を置き、粗熱を取る。

もう一つのボウルにも氷と水を入れて、二人のいる配膳台の上に置く。

「こおりとおみず」

「つめたそう……」

二人はボウルを覗き込む。秀尚は生クリームを別のボウルに入れ、先程の氷水の入ったボウルの上に置いた。

「はい、一所懸命二人でこれを、こんな感じでかき混ぜて」

手本を示してから、二人に泡立て器を渡す。

二人は最初の間、凄い勢いでかき混ぜていたが、すぐにスピードが遅くなった。

「もっと速く混ぜないとダメだよ」

秀尚が言うと「もうつかれたもん」と眉根を寄せる。

戦力にならないとは最初から分かっていたので、じゃあ交代、と言いかけた時、厨の戸が開いて、他の子供たちが入ってきた。

「あ！　あさぎちゃんと、とよみねちゃん、みつけた！」

「ふたりとも、ずるい！　なにたべてたの？」

子供たちの間では、食事とおやつの時間以外でここに来るのは、つまみ食いの時だけ、という認識だ。

だから今日もそうなのだろうと思った様子だが、「二人にはお手伝いしてもらってたんだよ」と秀尚が言うと、

「ぼくも、おてつだいしたいです！」

萌黄が真っ先に言い、他の子供たちも続いた。

よって、子供たち全員が交代で生クリームの泡立てに挑戦し始める。

狐姿の子は手伝えないが、がんばれー、と声援を送り、人の言葉を話せない寿々は、お疲れ様、をするように、作業を終えた子供の足に順番に体をすりつけた。

そして三周したあたりで、秀尚が代わり、六分立てくらいにすると、冷やしておいた牛乳の鍋の中に入れてかき混ぜる。

「なにをつくってるんですか？」

萌黄が聞いてくる。

「じゃあ、そろそろ答えを言おうかなー。アイスクリームを作ってるんだよ」

秀尚が言ったが子供たちはキョトンとした顔になった。

「あー、食べたことないか。冷たくて甘くておいしい食べ物だよ。できるまでまだもう少しかかるから、待ってて」

秀尚はアイスクリームのタネをバットに流し込み、冷凍庫へと入れる。

「ゆきんこちゃん、これ、冷やしてくれる?」

それぞれが自然放出する冷気で冷え冷えとした庫内は、ゆきんこたちの休憩場所だ。すべてを凍らせる冷気を冷凍庫に利用しているので、ゆきんこたちにしてみればお安いご用でもある。

こくこくと頷くゆきんこに、じゃあお願いします、と声をかけて冷凍庫の蓋を閉める。

「ひえたら、できあがりですか?」

「そしたら、たべられる?」

わくわくした顔で子供たちが聞く。

「凍ったら、かき混ぜて、また凍らせて、またかき混ぜてってしないといけないから……もう少しかかるね」

具体的な時間を言うとブーイングが起こるのは分かりきっているのでぼやかした。

「じゃあ、それまでなにする？」

「おそといきたーい！」

「うん、おそといきたい！」

子供たちが時間潰しの方法に、好ましくない言葉を口にした時、厨に客が来た。

冬雪だ。

「冬雪さん、どうしたんですか？」

「一時間、休憩なんだ。本宮に戻るのも面倒だから、ここで休ませてもらおうと思ってね。かまわないかい？」

その言葉に、秀尚は閃《ひらめ》いた。

「いいですよ。その代わり、お願い聞いてもらっていいですか？」

「なんだい？」

「子供部屋で、みんなに絵本を読んであげながら、昼寝をさせてほしいんです。ついでに冬雪さんも眠れますし。お願いを聞いてもらえたら、今作ってるアイスクリームをおすそわけします」

おすそわけが効いたのか、

「いいね。じゃあ、みんな、子供部屋に行こうか」

物凄くいい笑顔で冬雪は言うと、子供たちを連れて二階の子供部屋へと向かった。

一人になった厨で、秀尚は使った道具を片づけ始めたが、溶け残った大量の氷を前に、少し考えた。

ホテルにいた頃は、いつも製氷機で大量に作られていたので、使用後は簡単に捨てていたが、ゆきんこたちが作ったものだと思うと、捨てるのが忍びなかった。

「あ、そうだ」

秀尚はあることを思いつき、以前、居酒屋に来る稲荷が子供たちにと持ってきてくれたかき氷器を取り出した。

それで残った氷でかき氷を作る。だが、食べるためではなく、できたかき氷を大きめの丼鉢の内側に沿って貼りつけるようにしていき、かき氷の器を作る。

固めるために一度丼鉢ごと冷凍庫に入れ、アイスクリームをかき混ぜる時に一緒に取り出した。

鉢から外した氷の器は綺麗にできていて、その一部分の氷を取り除いて入り口を作る。

「うん。いいんじゃない？」

でき上がったのは、かまくらだ。

かき混ぜたアイスクリームを戻す時に、できあがったかまくらを、ゆきんこたちの休憩する冷凍庫に置く。

「冷蔵庫でお仕事した後、疲れちゃうでしょう？　よかったら、この中で休憩して」

そう言うと、ゆきんこたちは、きゅん、としたような顔をして、秀尚を見た。

そしてぺこりぺこりと頭を下げると、昼食後に冷凍庫へ戻ってきていたゆきんこ四人が早速かまくらの中に入っていく。

「ゆっくり休んで」

秀尚は声をかけると、再び冷凍庫の蓋を閉めた。


一時間が過ぎた頃、冬雪が再び厨に姿を見せた。

「みんな、寝かせたままだけど、いいんだよね？」

「あ、はい。あと三十分ほどしたら起こします。……冬雪さん、休めました？」

休憩に来たと言っていたのに、子供の世話を任せてしまって、申し訳なかったかなと思ったのだが、

「休めたよ。二冊目を読み終える頃にはみんな寝ちゃってたから、そのまま一緒に眠らせてもらってた」

その返事に、ほっとする。

「おかげで、おいしいアイスクリームができたので、食べていってください」

秀尚は約束どおり、アイスクリームを皿に盛って冬雪に差し出した。

「ありがとう、いただきます」

冬雪は律儀《りちぎ》に手を合わせて言ってから、皿を受け取り、アイスクリームを口に運ぶ。

「ああ……、冷たくて甘くておいしいね。いくらでも食べられそうだ」

「本当は、バニラビーンズっていうので香りづけするんですけど、そこまでは手が回らなかったので……」

「これで充分おいしいよ。疲れが飛ぶね」

笑った冬雪に、

「みなさん、装備が厳重になりましたけど……危険度が増したんですか?」

薄緋にはぐらかされたことを、再び聞いてみた。

「そうだね。心配するほどじゃないんだけど、この前、景仙殿が怪我をしただろう? だから念のため、だね」

重いし、仰々《ぎょうぎょう》しいし嫌なんだけど、と冬雪は続けたが、何となくそれだけじゃなさそうな気もした。

しかし、聞いても答えてはくれなそうなので、秀尚が知っていい内容ではないのかもしれない。

「そうですね。備えは必要ですね。……気をつけてくださいね」

秀尚は物分かりのいい言葉を返すにとどめた。

◇◆◇

数日の間、時空が繋がってしまうこともなく、平和に過ぎた。

いや、時空が繋がらなかったというだけで、平和ではなかった。

仔狐たちのフラストレーションがピークに達していて、インドア派までが廊下で走るようになっていた。

そんなわけで、近頃は状態が落ち着いていたこともあって、館の周辺でなら遊んでいい、と許可が下りた。

天気がいいこともあって、子供たちは朝から元気に外遊びだ。昼食を食べに一度戻ってきたが、食べ終わるとすぐにまた出ていった。

「まったく元気だよなぁ……」

呟きながらも、今日はあっさり眠ってくれそうだな、と胸の内で思う。

外で遊ばないと疲れないので、夜も元気でなかなか眠ろうとせず、ここ何日かは手を焼いていた。

「インドア派の萌黄ちゃんも駆け出してくくらいだから、よっぽど体力余ってたんだなぁ……」

力いっぱい遊べば、おなかも空くだろう。

――今日はガツンと肉系にするか。それから、おやつはプリンにして……。

付け合わせなどを考えながら仕込みをしていると、ほどなくして、浅葱と萌黄が厨に来た。

「かのさん、かのさん、おなかすいちゃった！」

「なにかください」

潔《いさぎよ》いまでに直球でおねだりをしてくる。

「おなか空いたって、昼飯しっかり食べてたじゃないか」

朝食後から遊びまわったせいか、みんないつもより多めの量を食べていた。

それなのにおなかが空いた、などと言うのだ。

「でも、おなかすいたもん」

「おなかすきました」

空腹を訴えてくる二人に、仕方がないなぁと零しながら、秀尚は冷蔵庫からキュウリを二本を取り出した。

それをまな板の上で塩で板ずりして、ざっと水で塩を落としてから二人に差し出す。

「これでも食っとけ」

「えー、きゅうりー?」

浅葱が不満げに言うが、嫌ならいいぞと取り上げようとしたところ、急いで手に取り、口に運んだ。

「おいしー」

「つめたくておいしいです」

文句を言ったわりに、ぽりんぽりんといい音を立てて二人はキュウリを食べる。そして三分の一ほど食べた頃、

「あー! ふたりともきゅうりたべてるー!」

「ぼくもたべるー!」

新たに三人が入ってきて、「きゅうり、きゅうり」と謎のキュウリ連呼でねだりだした。

こうなると、食べさせないことには収まらないので、再び冷蔵庫からキュウリを取り出し、板ずりして次々渡していく。

「これ食ったら、遊びに……」

そこまで言った時、何か異様な気配がした。

子供たちの耳と尻尾がピンと立ったかと思うと、

「やぁぁぁぁぁ!」

「いやぁぁぁ！」

館のすぐ外で他の子供たちの声がした。

何かあったのは明白で、秀尚は咄嗟にまな板と包丁を手に外へと飛び出した。

そこで見たのは、異様な光景だった。

館の玄関口の階段を下りたそこはアプローチになっていて、アプローチ沿いに果樹のなる木がいろいろと植わっているはずだった。

だが、ギザギザに切り取られたように、ある一定の場所から先には、彩度の低い絵の具をぐちゃぐちゃにかき混ぜたような異様な空間が広がっていた。秀尚は初めて見たが、恐らくどこかの時空と繋がったのだろう。

そしてその空間中央には、奇妙な動きを見せる何かがいた。

人の頭らしきものを持ってはいるが、人の顔には思えなかった。口は大きく裂け、ふり乱した髪のように見えるのは何百匹もの長いムカデだ。体は途中まで人の上半身のように見えるが肋《あばら》から何本も腕に似た何かが出ている。肋から下は蜘蛛《くも》のように膨らんだ腹で、全体的にどす黒い色をしていた。

「みんな、早く中へ！」

体が竦《すく》んで動けなくなっていた子供たちは秀尚のその声で館へと走ってくる。行かせまいと、その化け物が頭から生えたムカデを飛ばす。飛んできたムカデは巨大化し、うねうねと動いて、仔狐一匹が行く手を阻まれた。

「すーちゃん！」

逃げ遅れたのは寿々だった。

化け物は、逃げ遅れて館とは反対側へと走る寿々を追いかけようとする。

それを確認した途端、秀尚の頭に一気に血が上った。

「待てや、このバケモノ！」

叫ぶや、秀尚は手にしていたものを思いきりぶん投げた。

あ、と思ったのは、投げたそれが見事なまでに化け物にクリーンヒットした時だ。

——やべえ、間違えてまな板投げた！

しかし、すでに遅い。

寿々を追いかけようとしていた化け物は、まな板が飛んできた方向を見て、そこに秀尚の姿を認めると、詰め寄ってきた。

——ここじゃ、建物に被害が出る！

そう判断した秀尚は自分を囮《おとり》に、寿々と館から化け物を引き離すために、全力で走った。

その秀尚をヒュオオォォ、と気味の悪い、声なのか何なのか分からない音を発しながら化け物が追ってくる。

その速度は思ったよりも速く、さっき、寿々の行く手を阻んだようにムカデも飛んできた。

「マジできもい！」

そして先程と同じく巨大化して、今度は秀尚よりも少し小さいくらいの大きさになると、体の三分の二を持ち上げて威嚇してくる。

そのムカデを秀尚は容赦なく手にした包丁でぶった切った。

そして振り返り、化け物に対してても包丁をめちゃくちゃに振りまわして威嚇する。

「このクソ野郎！　弱い者イジメしかできねーのかよ！」

この地に現れる侵入者は、人々の負の感情が形になって表れていると陽炎が言っていた。

つまり元になっているのは「人」だ。

そう思うと、同じ「人」として、何迷惑をかけてくれてんだと、物凄く腹が立って仕方がなかった。

「テメェだけ不幸だとか思いあがってんじゃねぇ！　みんな何かしら不幸背負ってんだよ！　悲劇の主人公気取って迷惑かけてんじゃねぇよ！」

秀尚が罵倒する間も、化け物は襲おうとしてくる。肋から生えた腕のように見えたものが腕ではなく蛇《へび》だと気づいたのは、それが伸びてきた時だった。

「蛇と一体化とか生物的に間違いすぎだろ！」

伸びてきた蛇の頭を包丁で切り落とす。菜切り包丁ではあるが、毎日ちゃんと研《と》いでいるおかげだと、妙なところで自分に感謝する。

化け物は蛇の頭を落とされたことで一瞬ひるみ、後ずさった。

だが、その時、また厨で感じたような奇妙な気配がして、化け物のすぐ横の空間を切り裂くようにして何かが出てきた。

それは、イグアナのような爬虫類《はちゅう》の頭がいくつも生えた、牛に似た生き物だった。

いや、フォルムが牛っぽいというだけだ。胴体だと思《おぼ》しき部分には人間の目や鼻、口が数人分、バラバラになって貼りついている。

——あ、これヤバい。

いや、ヤバいのは最初からヤバかった。

この「ヤバい」は端的に言えば「死ぬかも」だ。

化け物が一匹だった時点でも、どうやって離脱するか考えあぐねていたのに、二匹となれば逃げようがない。

牛の化け物の、複数あるイグアナの頭についた目がすべて、じっと秀尚を見ている。そのイグアナの舌がチロリと動いた瞬間、秀尚は「殺される」と確信した。

だが、次の瞬間——秀尚は衝撃とともに地面に叩きつけられていた。

「い……っ」

「動くな！」

何が起きたのかと状況を確認しようとした時、陽炎の怒声が響いた。

目に映ったのは地面に生える緑の草。

そして、秀尚を庇《かば》うように膝をついて前にいる、陽炎の背中だった。どうやら秀尚は陽炎に突き飛ばされたようだ。

「陽炎殿、捕縛の呪を！」

姿までは見えないが冬雪の声が聞こえた。

陽炎の手が、何かを空中に描き終えた直後、まずは蜘蛛の化け物が真っ二つになったかと思うと、何も存在しなかったかのようにかき消え、ついで、イグアナ頭の牛が賽《さい》の目《め》状にバラバラになり、同じくかき消えた。

「まったく……おまえさんは無茶をしてくれる……」

陽炎が言ったが、その声はどこか苦しげだった。

「陽炎、さん……」

秀尚が体を起こし、様子を窺おうとした時、陽炎が体勢を崩し、前に腕をついた。

「陽炎さん！」

慌てて陽炎を見てみると、秀尚を庇って攻撃を受けたのだろう。着けていた胸当てが砕け、服が黒い煤《すす》のようなもので激しく汚れていた。

「陽炎殿っ」

未だに裂けたままの時空の歪《ゆが》みを飛び越え、冬雪が駆け寄ってくる。

「大丈夫かい、陽炎殿」

「死にそう、でもないが……あんまり、大丈夫とは、言えないねぇ……。庇ったのが可愛い女子なら、まだ、救われるんだが……」

苦しげな声音で、それでもまだ冗談を言おうとする。

「はいはい、分かったよ。応急処置だけして、館へ運ぶからね……っと、その前に時空を閉じないと」

ちょっと待ってて、と言い置いて冬雪は空中に文様を描くように手を動かす。それに合わせて裂けた空間が閉じていき、すぐに元どおりの光景が広がった。

「お待たせ。ちょっと痛むよ」

空間を閉じた冬雪は、陽炎の胸の上に軽く手を押し当てた。

「……い――――っ！　ってて！　冬雪っ！　おまえ！」

「痛むって言ったでしょ？　加ノ原くんは、怪我してない？」

冬雪が秀尚に視線を向ける。それに秀尚は慌てて頷いた。

そこへやっと薄緋や他の警備の稲荷が駆けつけてきて、陽炎は冬雪とその稲荷に肩を借りるかたちで館へと戻った。

だが、陽炎が運ばれたのはこの前の景仙のように食堂ではなく、館の奥にある治療部屋だった。

冬雪いわく、治癒に必要な術の結界が施されているらしい。

つまり、景仙よりも陽炎の怪我は深いということなのだろう。

実際、応急処置では足りなかった部分の処置も改めて施された。

そして秀尚も、化け物と近い位置で対峙《たいじ》していたことで、その時に気づかないうちに瘴気《しょうき》にあてられているかもしれないからと、軽い処置を受けた。

処置といっても冬雪に、額に指を押し当てられただけで、何がどうなったのかは分からないが、冬雪からはもう大丈夫だよと太鼓判《たいこばん》を押された。

「それにしても、まさか化け物相手に菜切り包丁で挑《いど》んでるとは思わなかったぞ。せめて出刃包丁なら分かるが」

呆れたように陽炎が軽口を叩く。

だが、その顔は血の気が引いていて、青白かった。

「野菜を切っていたところだったので……」

「でも、おかげで助かりました。……私も裏にいたので対応が遅れましたし、子供たちから聞けば逃げ遅れた者もいて、あわやというところだったと言いますし」

薄緋が言う。

「あ……、すーちゃんは？　無事ですか？」

逃げ遅れていた寿々のことを思い出し、慌てて問うと、薄緋は頷いた。

「大丈夫ですよ。あなたのことを随分心配していましたが、無事に館に戻ったのを見て安心した様子でした」

「よかった……」

秀尚が安堵の息を吐く。

「でも本当に助かったよ。僕たちは、最近、時空の繋がりが頻発していた場所を重点的に見回っていたし、館の近くは別の場所より守りを強くしてあるから、大丈夫だろうと思ってたんだよね」

冬雪が思案顔で言う。

「守りの強い場所の境目を狙ってきやがったな、今回は」

陽炎が呟く。

「時空が繋がるっていうより、最近は裂いて侵入してくるって感じだしね」

冬雪も頷きつつ返した。その中、

「あの……、そういう連中を根本的に叩くっていうか、来なくさせる方法っていうのはないんですか」

秀尚が問うと、三人は互いに何かいわくのあるような表情を見せた。そしてややあってから陽炎が口を開いた。

「もともと、ここは不安定な空間だ。少しの異変でバランスが変わる。今は特にバランスがおかしくなってる。理由はおまえさんだ」

「俺……？」

「何かがイレギュラーで飛び込んできた時点で危《あや》ういながらも保たれていた均衡《きんこう》は崩れる。……おまえさん、こっちに来る前に職場でイザコザがあったって話してただろう？　負の感情を抱えてこっちに来たおまえさんの存在が引力になって、人界で負の感情を持っている者が同調してこっちに呼び込まれる結果になってる」

陽炎の言葉に、秀尚は目を見開いた。

「俺の、せい……なんですか」

その言葉に冬雪が慌てて頭を横に振る。

「ううん、違うっていうか、違うとも言えないし、そうだとも言えないんだ。もともとこは不安定な空間だからね。僕たち稲荷は基本的に体も『気』で構成されてるけど、子供たちの体はそうじゃなくて、生身なんだ。そんなあの子たちには、空間が神界に寄りすぎてもいけないし、人界に寄りすぎるのも問題でね。だからあえて不安定な場所に空間を作ってて、そこにも原因があるんだ。ここじゃなかったら、こんな問題は起きてないし……」

「相乗効果、とでも言うのでしょうか」

思案顔で薄緋が言う。

「とりあえず、ここの守りは強化する。けど、今回みたいなのがまた来ないとも限らないな」

「あんな醜悪な化け物、初めて見たよ」

陽炎の言葉を受けて、冬雪が呟くように言った。

「あれは、もう完全におかしくなっちまってる人だろうな。あのクラスになると、守りの強化で弾《はじ》けるとも思えないし、ガチガチに固めちまうと子供に影響が出る可能性がある」

陽炎はそこまで言ってから、秀尚を見た。

「おまえさん、この前、ここにいることになるならそれでもいいって話してたな」

「……はい」

「意思は固まったか?」

その問いに秀尚は答えられなかった。

「……いや、えっと」

返せたのは曖昧な返事だけだ。

「こうなった以上、おまえさんを早急に元の世界に戻すか、引導を渡して完全にこっちの人間にするかを考えたほうがいいと俺は思う。本気で元の世界に戻るなら、本宮の白狐様に頼んでこっちに来てもらって、おまえさんの元いた時間と場所に時空を開いてもらう必要があるが……ここは九尾の白狐様を呼ぶのに耐えられる空間でもないから、準備に時間がかかる」

どちらにする、とは答えられなかった。

自分が原因で、陽炎に怪我をさせ、子供たちも危険に晒《さら》したことを考えると、帰ったほうがいいとは思う。

だが帰りたくないという気持ちもあるのだ。

「すぐに決められる問題ではありませんからね。……白狐様をこちらにお迎えする前提で準備をしましょう。こちらの準備が整うまでに陽炎殿が加ノ原殿を元に戻せる空間を開けられればお戻りになればいいですし、白狐様に知られて厄介なことが起きる心配もせずにすみます。それまでに加ノ原殿がこちらに残る意思が固まれば、引導を渡せばよいわけですし」

薄緋が話をまとめた。

「まあ、そういうことだな。話がまとまったところで、俺は少し眠らせてもらうとするか。夕飯はスタミナのつきそうなものにしてくれ」

陽炎が笑って言うと、

「食べても太らないって、本当に燃費の悪い体だよね」

体形の維持に腐心している冬雪は腹立たしげに呟いて、

「陽炎殿にはお粥《かゆ》でいいからね」

と秀尚に言い、軽く秀尚の肩を叩いて、部屋を出るように促す。

「分かりました。おいしいお粥を作ってきます」

秀尚はそう言うと、一人先に治療部屋を出た。

廊下に出ると子供たちがみんな勢揃いしていた。

「かのさん、かぎろいさま、けがしたの？」

「だいじょうぶ？」

心配した顔で問いかけてくる。

「……少し休めば大丈夫だって。この前の景仙さんも、少し寝たらよくなっただろう？」

そう言うと、子供たちはまだ心配そうな顔はしていたが、納得したような様子も見せた。

「ここでお話ししてると陽炎さんが眠れないから、二階へ行こうか」

秀尚は子供たちを促して、二階の子供寝屋へと連れていった。

いつもなら部屋に入ったら、遊びに誘ってくる子供たちだが神妙な顔をして、座った秀尚を中心として円になるように座った。

「みんな、どうした？」

いつもと違う雰囲気に問いかけると、

「……かのさん、かえっちゃうんですか……？」

目に涙を溜めた萌黄が聞いた。

「え？」

「ちりょうしつのまえで、きこえちゃったんだ。かのさんを、かえすって」

浅葱が説明する。

聞こえていたなら、事実を告げるしかない、と心を決めて、秀尚は口を開いた。

「……まだ、分かんないんだけど…、多分、そうなる、かな」

秀尚の返事を聞いて、子供たちが一斉に泣き出した。

「かえっちゃやだー！」

「ずっといっしょにいるー！」

泣きながら子供たちが抱きついてくる。

「まだ、分かんないから……泣かないで」

そう言ってみるが泣き出した子供たちは連鎖《れんさ》反応が止まらない。

そんな子供たちを宥めるように、いろんな子の頭を撫でたり背を撫でたりするが、嫌だ嫌だと号泣《ごうきゅう》大会になってしまった。

ここまで引きとめてくれる彼らのことを思うと、さらに気持ちは揺れた。

帰らなければ、また子供たちが危ない目に遭うだろう。

けれど、帰りたくないとも思う。

かといって、このままこっちの住人になるのは、今は積極的には受け入れられない。もう一度、祖父母や両親に会いたいし、心配をかけないですむようにしたい。

「みんな、泣かないで」

収拾のつかない自分の感情をもてあましながら、秀尚は子供たちを慰《なぐさ》める。そのうち朝から遊びまわっていたのと、泣き疲れたのとで、号泣からぐずぐず泣きになった子供は順番に、一人、また一人、と眠りに落ちていった。


子供たちが寝入ったのを見てから、一人一人に布団をかけてやり、秀尚は抜けだした。

やってきたのは、厨だ。

騒ぎのせいですっかり仕込みが遅れてしまっていた。

——とんかつをメインにして、千切りキャベツ添えて、味噌汁作って……。

作ろうと思っていた今夜のメニューを頭の中で復唱する。

作業手順は頭に入っているので、それと決めれば体が勝手に動き出す。

豚肉の塊《かたまり》を人数分にカットし、軽く下味をつけて少し置いてから、衣をつけていく。

やり慣れた作業の繰り返しに、秀尚は黙々と手だけを動かしながら、頭では別のことを考えていた。

それは、やはりここに残るか、それとも戻るか、についてだ。

——俺、どうしたいんだろう。

まず、それが分からなかった。

選べないのはどちらにもいい点があり、そして悩む点があるからだ。

戻ることを選ぶのが、筋だとは思う。ずっとそこで暮らしてきたのだし、家族がいる。

けれど、戻ることを選びきれないのは、やはり八木原との一件だ。

あれは自分のレシピだと自信を持って言える。

けれどその証拠がない。

それがゆえに受けるだろう不当な扱いや、周囲の怪訝な視線を思うと、今だってはらわたが煮えくり返りそうなほど、腹が立つ。

だから、戻りたくない。

だからと言って、残るとも言いきれないのは、家族のことを考えてしまうからだ。特に高齢の祖父母には心配をかけたくない。

——もし、一時的に帰ることができて、じいちゃんやばあちゃんと話ができたら、俺、ここでずっと生活することを選ぶのかな……。

ふっとそんなことを思った。

事実を話すわけにはいかないまでも、海外に修業に行くとかなんとか、適当なことを言って安心させることができれば、その後ここで、ずっと暮らせるのだろうか？

――いや、それだけじゃ、まだここで暮らすって言えない……。

でも、何が自分にブレーキをかけるのだろう。

ここでは必要とされているし、子供たちも懐いてくれている。

稲荷の知り合い――などと軽々しく言ってはいけないのかもしれないが――もできて、楽しく生活できている。

残している家族に心配をかけないようにできさえすれば、ここに残ることを選べるはずなのに、選べない自分がいることに気づいた。

――なんで……？

何がそんなに自分を人界に繋ぎとめるのだろう。

向こうに残した人たちだろうか？

だが、それは向こうに戻ることを選んだ場合、こちらに残していく子供たちのことを考えるのと同じだ。

それ以上の、自分を迷わせるものが、何かある。

「何が心残りなんだよ……」

呟き、自分に問いかける。

夢は、祖父の店で一緒に厨房に立ち、おいしい料理を作ることだった。

それは叶わなかったが、ホテルの厨房で調理の仕事に携《たずさ》わることができて、一番望んだ形ではないが夢は叶っている。

一体、何を自分は望んでいるのだろう。

修業を積んで、もっと多くの人に認められて、ホテルのグランシェフになることだろうか？

――いや、そうじゃない。

調理の仕事を続けて、その先にそのポジションがあれば最高だろうとは思うが、そこを目指してやる、というような気持ちはない。

では何なのだろう？

自分の心残りはなんなのだろう。

心残りになるほど、自分はまだ何もしてないのに。

そう思った時、ふっと、ある言葉が脳裏によみがえった。

――やりきった、と思ての閉店やから、寂しさもあるんやけど、すがすがしい気持ちでなぁ――。

ここに来るきっかけになった神社に向かう直前、立ち寄った食堂の主人の言葉だ。

それを思い出した途端、ふっと腑《ふ》に落ちるものがあった。

自分はまだ、元の世界で何もしていない。

やりきったと思えるほどのことは、何もしていない。

だから、こちらに残ると言えないのだ。

ここでの居心地のよさに甘えて——それを見抜いていたからこそ、陽炎は「現実逃避」だと言ったのかもしれない。

そしてそれは、当たっている。

八木原のことも含めて、嫌なことから逃げたいのだ。

「帰ることができない」という免罪符《めんざいふ》に甘え、居心地のいいここにいるのだ。

そのこともどこかで分かっているから、罪悪感があって残るとも言いきれない。

「ああ……そっか」

バラバラだったパズルのパーツが綺麗にはまる。

そして、秀尚は思った。

元いた世界に帰ろう、と。

◇◆◇

「かのさん、かのさん、これ、ぐるぐるまぜたらいいですか？」

配膳台のイスの上に膝立ちした萌黄が、泡立て器を手にボウルを指差す。

「うん。優しく十回くらい」

「はい！」

秀尚が指示を出すと萌黄は笑顔で返事をし、「いっかい、にかい」と数えながらボウルの中身をかき混ぜていく。

それに合わせて、イスの足元にいた寿々も、数を数えるように頭を上下にする。

かき混ぜているのは、おやつに作るパンケーキのタネだ。

帰ると決めてから、秀尚は子供たちに順番に、簡単な調理を教えていた。

もし、秀尚が突然帰ることになっても、いくつか調理の仕方を少しでも覚えていたら、すぐには無理でもそのうち、子供たちで何とかできるようになるかもしれないと思ったからだ。

その時のことを考えて、和えものやサラダを中心に、レシピを書き残し始めてもいる。

そこまでの準備をしながらも、子供たちには話さずにいた。

それがいつとは分からなくても、その時が来れば帰ると決めているというのに。

——絶対、泣くだろうし……。

あれから何度か時空が繋がってしまい、侵入者があった。

あの時ほどの醜悪な者ではなかったが、剣呑なことに変わりはない。

だから、今、ここでは白狐を迎えるための場所の強化が秘密裏に行われ始めている。

九尾の狐の力というのは凄《すさ》まじく、六尾の者が束になっても敵わないほどらしい。

その九尾を有する白狐を迎えるには、この地の不安定さはそのまま脆弱《ぜいじゃく》さに繋がり、空間の崩壊を起こす危険性があるのだ。

その準備が整うのに約二ヶ月。

白狐がここに来れば、秀尚は否応なく帰ることになる。

裏を返せば、陽炎が偶然、時空をうまく開けるという事態を除けば、その二ヶ月の間は、まだ答えを出さなくてもいい、ということだ。

もちろん、帰ることに決めているが、白狐が来るギリギリまでは楽しく過ごしたくて、子供たちには言わないでいるのだ。

「じゅっかーい！　かのさん、じゅっかい、かきまぜました！」

笑顔で萌黄は報告してくる。

「ありがとう。じゃあ、みんなに内緒で、小さいのを試しに焼こうか」

手伝いの特権は、味見だ。萌黄は笑顔で頷いてから、

「すーちゃんのぶんも、やいてください」

と頼んでくる。

「もちろん。すーちゃんも数を数えて手伝ってくれたもんな」

秀尚が言うと、寿々は尻尾を嬉しげに振った。

——こんなふうに、おやつ作ったりできるのも、もう少しの間なんだな……。

そう思いながら秀尚はパンケーキを焼き始めた。


残りの日々を悔《く》いのないようにしようと過ごし始めて数日。

「今回は、本宮の術の扱いに長《た》けた稲荷に教えを仰いできたから、ちょっと自信があるぞ」

非番の陽炎が、厨にやってきて自信ありげに言った。

怪我は翌日にはすっかり回復して——というよりも、あの日の夜、冬雪に言われたとおりお粥を作って持っていくと「なんだ、粥か……」とあからさまにがっかりする程度には元気で、さすがにお粥だけではなと添えた出汁巻き玉子もすべて完食した上で、足りないと言いだすほどだった。

そんなわけで、今はもう、完全回復もいいところだ。

その陽炎が何に自信があるかと言えば、当然、時空の扉を開く件のことだ。

白狐にすべてを打ち明けることを視野に入れているとはいえ、できれば知られないように進めたい、という方向性は変わっていないらしい。

そのため、これまでは本当にこっそりと調べて術の構成を考えるしかなかったらしいのだが、白狐の知るところになるかもしれないと思うと、「どうせ知られてしまうのなら、詳しい稲荷に教えを請《こ》おう」という発想になったらしかった。

陽炎から、あわいの地で起きていることを聞かされた稲荷は、「できれば白狐様の耳に入れない方向ですむようにしよう」と、とても親身になって相談に乗ってくれたらしい。

「これでダメなら、もう白狐様にバラす方向で行くしかないと思う。それくらい、自信があるぞ」

と、陽炎はドヤ顔で言うが、

「報告じゃなく、バラすって言うところに、いろいろと含みを感じるんですが」

突っ込んでみると、

「実際、白狐様に知れたら面倒なことになるからな。あの方が絡むと、種火《たねび》が大火事になりかねないし、おまえさんの存在を隠していた理由も問われるだろうし……」

と、陽炎はもっともな理由で返してきた。

白狐という稲荷がどういう人というか、神なのかは秀尚には分からないのだが、とりあえず知られたら大事になるということだけは分かった。

そうでなくとも、ここまで秀尚の存在を隠していたというだけでも充分問題になることは分かる。それを考えれば本宮を治めている白狐に知られたくないというのも道理だ。

「すみません、危ない橋を渡らせて。白狐様にバレたら陽炎さんたちは処罰とか受けることになるんですよね」

自分の意思でここに来たわけではないとはいえ、自分のせいでここにいるみんなにはいろいろと迷惑をかけて、危険な目にも遭わせたと思う。

その上処罰を受けるかもしれないと思うと申し訳がなかった。

だが、謝った秀尚に、陽炎は居心地が悪そうな顔をした。

「おまえさんがそう素直だと、気味が悪いんだが」

「陽炎さんの中で、俺ってどういう捉えられ方してるんですか？」

なんで謝罪をして気味が悪いなどと言われねばならんのかと思って問う。

「どうって……、稲荷にいきなりフライングニーキックをしかけて、菜切り包丁で化け物を切りつけるツワモノだな」

「最初のは陽炎さんが悪いし、菜切り包丁は自己防衛です」

「そうやって、しれっと言い返すくらいで、おまえさんは丁度だな」

陽炎は笑ってそう言う。

「何か褒められた感がないんですけど」

「そりゃそうだ。褒めてるわけじゃないからな」

「今日の肴、塩にしてもいいんですよ」

秀尚が言うと、

「いや、おまえさん、もしかしたら今夜はもういないかもしれないだろう？」

陽炎はそう言った。

「そんなに自信あるんですか？　今日の術」

「ある。俺がというか、考えてくれた稲荷が、これでダメなら諦めろと言っていたからな。そういうわけで、おまえさんの覚悟はできてるのかい？」

「はあ……、まあ、一応は」

帰ることは決めている。

だが、これまでの陽炎の数々の失敗を知っているので、正直現実味はなかった。

「持って帰るものをここに持ってきておいたほうがいいぞ。精度を上げた分、開いていられる時間が短いんでな」

「どの程度ですか？」

「三十秒くらい、だな」

それを聞いて、秀尚は少し考えてから口を開いた。

「一時間、待ってもらっていいですか？　作りかけのこれ、仕上げちゃうんで」

作っているのは、みんなの夕食のおかずだ。

もし、帰ることになるなら、仕上げておかなければ、中途半端な状態では食べることもできないだろう。

「おまえさん、本当にブレないな」

呆れた様子ながら、「準備ができたら言ってくれ」と言うと、陽炎は配膳台前にイスを持ってきて腰を下ろした。

秀尚は調理をしながら、冷蔵庫に入れてある常備菜を確認して、いつまでに食べ終えなければならないか、や、冷凍庫にある下ごしらえずみの食材で作れる簡単な料理のレシピをメモ帳に書き記す。

湯煎で温めるところだけは薄緋にしてもらわなければならないが、その程度なら問題になる「神気」が入るということもないだろう。

あとは、子供たちでもできるマヨネーズ和えだのなんだので対応できる。

「それから、ゆきんこちゃんの交代時間はお昼ごはんの後、と……これでよし」

調理とそれ以外のメモを終え、秀尚は陽炎を見る。

「お待たせしました。じゃ、始めてください」

「ここに来る時に持ってきた荷物はいいのか？」

「あー、じゃあ、一応持ってきます」

「全然、信用してないだろう」

苦笑する陽炎に「少し待っててください」と言い置いて、秀尚は自分の部屋に向かう。そして来た時に持っていたリュックを手に、厨に戻ってきた。

「お待たせしました」

「服は着替えなくてもいいのか？」

陽炎が聞いてくる。

なぜなら、秀尚はここで借りている作務衣を着ているからだ。

「あー……、記念に、一着もらって帰るとかって、問題になります？　向こうに戻った途端消えちゃって裸になっちゃうとかなら着替えますけど……」

「いや、おまえさんがいいならそれでかまわん。じゃあ、やるぞ」

陽炎がそう言って、小さな声で何か呪文のようなものを呟きながら、空中に指で文様を描く。そして、いつものように扉が現れた。

「開けるぞ。帰る覚悟はできているか？」

改めて言われると、半分くらいは今回も無理なんだろうなと思っていても、やはり緊張した。

「……はい」

「開けるぞ」

陽炎がそう言って、観音開きの扉を軽く押す。

そこは、間違いなく、日本だった。

目の前に、湯気に煙る富士山《ふじさん》。

肌も露《あら》わな、というか、全裸の女性たち。

カコーン、と洗面器の音が高らかに響く。

「……絶景だな……」

「ですね」

どうやら銭湯の女風呂の扉にリンクしたようだった。

「一応、おまえさんがこっちに来た三日後だぞ！　帰れる、帰れる！」

陽炎がやらかした感をごまかしながら、秀尚を扉の向こうにやろうと押してくる。

「ちょ！　待って、待って！　ダメだから！　痴漢《ちかん》とか覗きとかわいせつ行為とかそのあたりでいきなり捕まるから！」

女風呂にいきなり男が現れたら大騒ぎになるのは目に見えている。

そしてそのまま警察送りだ。

『容疑者は仕事でのトラブルでむしゃくしゃしていたと供述しており』などという新聞の文面さえ頭に浮かんでくる。

そして揉めている間に、扉が消えた。

「あ……消えちまったじゃないか……」

残念そうに陽炎は言う。

「逆に聞きますけど、陽炎さんだったらあの状況で女風呂に突入できます？　間違いなくその後人界の留置場行きですよ。それで、絶対本宮でも噂になりますから。『陽炎殿、人界の女風呂に特攻かけたらしいぜ』って」

冷静に問うと、陽炎は頭を掻いた。

「そりゃ、まあそのとおりだが……」

「でしょう？　帰れてもいきなり犯罪者とか、嫌なんです、俺も。なので、せっかくですが断念しました、すみません」

物凄いチャンスだったことは事実だ。

あれが、もう少し帰りやすい場所だったら帰っていた――のだろうか。

今となっては分からない。

とにかく、「この場所は無理！」というのが先に立ってしまった。

「とりあえず、お疲れ様でした。お茶でも淹《い》れましょうか」

骨折りしてくれたのは確かなので、お茶くらいは出さねばなと聞いてみる。

すると、陽炎は、

「待て、今のはかなりいい線いってただろう？　もう少し構成を微調整したらなんとかなると思う！　ワンチャンあるぞ、絶対！」

と、再チャレンジを口にした。

「……はあ。まあ、そうかもしれませんけど。とりあえずお茶淹れますね」

秀尚はそう言って、手にしたリュックを配膳台の上に置いた。

「まったくおまえさんは、俺を信用してないだろう」

多少憤慨した様子で陽炎は言うが、「何茶にします？」と聞けば「煎茶《せんちゃ》」と返してくるので、さして気にしていないらしい。

ヤカンで湯を沸かし、その間に急須と湯呑みを準備する。煎茶を戸棚から出していると、ベシャンッと音が聞こえ、振り返ると、配膳台上のリュックの置き方が悪かったのか床に落ちていた。

「あ、なんか今ヤバい音した……」

急いでリュックを拾い、中に入れていた携帯電話を見ると、落ち方が悪かったのか、画面にヒビが入っていた。

「あー、やっちゃった。まあ、しょうがないか……」

呟いた時、ヤカンがシュンシュンと鳴り出したので、携帯電話を配膳台の上に置き、お茶を淹れに向かう。

そしてお茶を淹れ、湯呑みをトレイに載せて運ぼうとした時、陽炎が声を上げた。

「おい！　見てみろ！」

するとそこにはまた、時空の扉が開かれていた。

そしてそこに見えたのは、鳥居が幾重にも続く——伏見《ふしみ》稲荷の千本鳥居《せんぼんとりい》が見える場所だった。

「あ……」

「おまえさんがこっちに来る三週間ほど前だが、その時間軸にいる自分に会いさえしなけりゃさして問題ないだろう。急げ！」

帰れる。

そう思った。

帰るとも決めていた。

だが、秀尚の足は、竦んだ。

——みんなに、お別れを言ってない。

帰ると決めたことを、子供たちには言えないままだ。

そして、みんなは今、昼寝をしている。

「おい！　すぐに閉じちまうんだぞ！」

戸惑う秀尚に陽炎が鋭い声で言う。

それにハッとして、秀尚はトレイを置くと、配膳台に置いたリュックを掴んで扉へと向かった。

扉が、ゆっくりと閉じようとする。
「急げ！」
陽炎の声。
それに背中を押されるように、秀尚は扉の向こうへと飛び込んだ。
刹那——耳が痛いほどの蝉《せみ》しぐれ。
観光客がそこかしこで写真を撮っている。
振り返ると、そこに陽炎の姿はなく、並ぶ鳥居が見えるだけだ。
——帰ってきたんだ……。
帰ると決めていた。
それなのに、どうしようもなく胸が痛い。
子供たちに、ちゃんとお別れを言いたかった。
陽炎にも、ちゃんと礼を言いたかった。
他にも、心残りは、いろいろある。
けれど、こちら側が自分が生きていかなくてはならない世界だ。
鼻の奥が痛い。
目の前が、霞《かす》む。
泣いているのを悟られないように俯き、秀尚は観光客にまぎれて家路へとついた。

九

戻ってきたのは、レシピを提出する三日前の世界だった。

この頃の自分のシフトはランチタイムが基本で、人手の少なさをカバーするために一時間休憩を挟んでディナータイムシフトに入ったり、モーニングタイムからランチタイムまでぶっ続けに入ったりしていた。

そのため家は空けがちで、秀尚はこの時間の自分がいない時を見計らってアパートに戻ってきた。

「……懐かし…」

離れていたのは二ヶ月ほどだ。

それなのに、もう、何年もいなかったような気がする。

だが、今は懐かしさに浸《ひた》っている余裕はなかった。

とりあえず、作務衣を脱いでリュックの中にある服に着替えた。そして作務衣を畳んでリュックに戻す。

――とにかく、俺に会っちゃいけないから、一旦ここを出よう。

そして向かったのは、自分の生活圏ではない場所にあるネットカフェだ。

そこで落ち着いて、これからのことについて頭を整理することにした。

「とにかく、俺が山で遭難するまで、会わないようにしないとな……」

とは思うもののずっとネットカフェに居続けるわけにもいかない。

自分がいない時はアパートに戻るとして、いる時は外に出ていたほうがいいだろうか？

それとも、不用意に出入りを繰り返すよりは、できるだけ家にいたほうがいいだろうか？

そんなことを考えて、ふと思った。

「えっと、俺のスケジュールは……」

リュックを開け、携帯電話のスケジュール帳で確認しようと思ったが、入れていたはずの携帯電話がなかった。

「あれ、なんで……」

ここに入れていたはずだ。

帰る前、厨でも見ていた。

画面にひびが入って――。

「あ！」

そこで思い出した。

携帯電話を配膳台の上に置いて、こっちに帰ってくる時、リュックだけを掴んできたことを。

つまり、向こうの世界に忘れてきたのだ。

「うわ……最悪。高かったのに…」

頭を抱えたが、どうしようもない。

とりあえずパソコンでカレンダーを表示させ、レシピの提出日と発表日を確認する。

「今日がこの日だから…明日、神原さんとキッチンスタジオ行って、それからこの日にレシピ提出して……」

記憶の中の、これから先に起きる出来事をカレンダーとすり合わせていく。

――今なら、レシピを盗まれないようにできる。

そう思った。

レシピを盗まれなければ、八木原とのいざこざは起きず、あんなつらい思いをすることもない。

――俺を、助けられる。

八木原がレシピを盗む現場を押さえる？　いや、それだと自分と出会ってしまう可能性が高い。

ロッカールームを監視して、八木原に携帯電話の画像を消されるのを防ぐのも同じ理由で無理だろう。

それなら、レシピを盗まれても、画像を消される前にコピーして、盗まれた後で戻しておけばいい。

——携帯電話のデータのコピーってどうやるんだっけ？

秀尚は方法をパソコンで検索し始めた。

やり方はいろいろとあるようだが、結果的にレシピに使った料理の画像があればいいのだ。

手っ取り早いのは写真の画像を誰かに送信して持っておいてもらうことだ。

——親父かお袋、それと兄貴に送っといて、後で間違って写真消しちゃったからとかなんとか言って戻してもらえば……。

そう思ったが、今までそんなことをしたことがないので、いろいろ詮索されるかもしれない。

それなら自分で新しい携帯電話を用意したほうが早い。

盗難紛失の保険に入っていなかったのでかかる費用は新規契約と大して変わらないし、むしろキャッシュバックキャンペーンなどを考えたら安くつく。

問題はこれまでと電話番号が変わることくらいだが、まあ、何とかなるだろう。

そう判断して、秀尚は新しい携帯電話を購入した。

そして、今の世界の自分がレシピを作成して提出した夜、寝入った頃合いを見計らって秀尚は自分の部屋に入った。

充電器に刺さっていた電話を手に取り、新しい携帯電話のアドレスに宛《あ》ててメールを作成する。料理の写真を添付して、送信する段になって、ふと指が止まった。

これを送信すれば、証拠の写真が残る。

その写真を戻してやれば、自分のレシピだということが証明されて——あの神社に行こうとすることもないだろう。

そうすれば——あわいの地へ行くこともない。

——かのさん、かのさん——

懐いてくる子供たちの声と顔が一斉に蘇ってきた。

ご飯をおいしそうに食べてくれて、なぜだか懐いてくれて。

気がつけば布団に潜り込んできていて、暑いくらいで。

——おまえさんがそう素直だと、気味が悪いんだが——

飄々《ひょうひょう》として、それでも一番骨折りをしてくれた陽炎。

居酒屋状態の厨で楽しく酒を飲んでいた稲荷たち。

彼らとも出会うことがないのだろう。

秀尚は悩んだ末、作成したメールを破棄《はき》して、携帯電話を充電器に戻した。

——ごめんな、俺……。

謝って、秀尚は部屋から出た。

順調に？　レシピが盗まれ、この世界の自分は絶望感に襲われていた。

自分が身をもって経験したことだけに、見ていてもつらかったし、何とかできる状況にあったのに、結局しなかったことに対して申し訳のなさも感じた。

——でも、後悔はしてない。向こうで頑張れ、俺。

生気のない顔で職場へと向かう自分の姿を、秀尚が遠くから見送る。

そして自分が不在の部屋へと戻ってきた。

ネットカフェに居続けるには多少資金が問題で、自分がいない時間帯は部屋で過ごすことにしているのだ。

——トイレットペーパーの減りが早かったり、家の中に誰かいるような気がしてたのは、俺がいたからなんだな……。

ニアミスはあったが、一緒に家にいることにならないようにと気をつけてはいた。だが、それでも誰かがいた気配のようなものは残ってしまう。

そのことに余計落ち着かなくなった過去の自分が、ホテルでミスを連発して強制的な休暇を取らされ、今の自分がそうしたように縁切りの神社へと向かった。

予定どおり、その日自分はアパートに帰ってくることはなく、その翌日も、帰ってこなかった。

――今頃、向こうで浅葱と萌黄に拾われた頃かな……。

そんなことを思いながら、もう一日、本当に帰ってこないか様子を見てから、秀尚は行動を開始した。

まず、これまでの携帯電話の利用停止の手続きを取り、それから実家に帰った。

両親に他にやりたいことができたので、もしかしたらホテルをやめるかもしれないことを告げた。

両親は驚いていたが、自分で決めたんだから好きにしろ、というスタンスだった。

ついでに新しい携帯電話についても教え、他の兄弟には両親から伝えてもらうことになった。

そして祖父母に会いに行った。

二人とも元気で、秀尚が料理を作って一緒に食事をした。

ホテルをやめるかもしれない、ということは、漠然とした計画の流れでそうなるかも、とだけ話した。

祖母は安定した仕事なのにと不安そうだったが、祖父は、

「やるなら、頑張りなさい」

とだけ、言ってくれた。

その言葉に頷いて、秀尚は少し気になっていたことを祖父に聞いた。

「じいちゃんさ、病気になっていきなり料理人やめなきゃいけなくなったじゃん。……後悔とか、そういうのやっぱりあった？」

その問いに祖父はふっと笑った。

「何事も、いずれ終わりが来るもんだ」

後悔がなかったわけではないだろう。だが、納得している。そんな顔だった。

――ああ、じいちゃんも、か。

あの食堂の主人の表情がダブって、秀尚はもう一度うん、と頷いた。


こうして家族に報告をすませ、今後のことのためにいろいろと出歩いているうちに一週間の休暇が残すところ一日になった。

この段になって、秀尚が次の勤務シフトの連絡をもらっていないことに気づいたというか、連絡をくれていたとしても前の携帯電話だということに気づいて、ホテルに出向いた。

「加ノ原、おまえ、どないしててん？　何回も携帯電話に連絡したんやで」

チーフは案の定、連絡をしていてくれたらしいのだが、いつ電話をしても「お客様のお申し出により～」というガイダンスになってしまっていたと言った。

「すみません、携帯電話紛失しちゃって……。新規で契約するほうが安かったんで、新しくしちゃったんです」

秀尚が言うと、チーフはため息をついた後、

「まあ、元気そうでほっとしたわ……。もし、明日になっても出てけぇへんかったら、さすがに親御さんに連絡せなと思てたから」

安堵した様子で言った。

「明日のシフト、いつですか？」

「ランチや。いけるか？」

「はい」

返事をした秀尚に、

「その様子やと、休みの間に気持ちの切り替えできたみたいやけど……、ちょっと蒸し返してええか？　レシピのこと」

そう切り出した。

「あー、はい」

「八木原が出したレシピ、あれが盗作かどうかは分からん。せやけど、おまえが同じ内容のレシピを出したって証言する奴がおってな」

「……神原さん、ですか」

秀尚が名前を出すと、チーフは頷いた。

「せや。おまえが試作品作った時に、一緒にいた、て」

「……口裏を合わせたって可能性も、ありますよ」

だからこそ、神原の名前を出せなかった。

下手に神原が自分を庇って、ここで仕事をしづらくなるほうが嫌で。

「証拠になりそうなもんを持ってるって言うてた。それは、おまえに了承を取ってからしか出されへんて。その代わり、おまえのおじいさんとおばあさんが、おまえの偏食を直すためにいろいろとしてくれたことを、あのレシピに詰めたっていうのを聞かせてくれた」

「そう、ですか。ありがたいです。でも、もういいです、その件は」

そこまで言って、一度言葉を切り、それから秀尚は切り出した。

「俺、今日はシフトを聞きたいっていうのと、もう一つ……退職の相談に来たんです」

秀尚の言葉にチーフは目を見開いた。

「退職……て、早まったこと言うな。レシピの件は俺が、ちゃんとおまえの納得いくように解決する」

「ありがとうございます。でも、レシピの件のせいで退職を決めたわけじゃないんです。きっかけにはなったんですけど……他にやりたいことができて。できるだけ、現場が混乱しないように、と思うので……いつ頃なら、現場に迷惑かけないですむかと思って」

やめる、ということはもう決定事項だと言外に告げる。

「……ヤケを起こしてるんとちゃうんか？」

「分からないですけど、多分大丈夫だと思います。しようとしてることは、結構無謀《むぼう》かもですけど」

その無謀の内容を話せ、と言われたので、ざっと話すとため息をつかれたが、

「……もう、そこまで話進めてるんやったら、しゃあないな。せやけど、簡単なこととちゃうぞ」

と、容認してくれ、退職は一ヶ月後ということになった。

「とりあえず、神原に会うて帰れ。呼んでくるから」

チーフはそう言うと、チーフルームを後にした。

しばらくして廊下を走ってくる足音が聞こえ、そして乱暴にドアが開いた。

「……加ノ原くん！」

「あ、お久しぶりです」

頭を下げると神原は顔を歪め、

「今まで、何してたん！　俺、何回も連絡したのに！　アパート行っても留守やし！」

そう言うなり、へたり込むようにして、その場に座り込んだ。

「神原さん……」

「フランスから帰ってきたら、加ノ原くんのレシピが八木原さんの名前で貼りだされてて……どういうことやって思てたら、なんかそのことで揉めたって……」

「……はい」

「なんですぐに俺に連絡くれんかったん？　俺、試作品作った時にいててんから、なんぼでも証人になんのに。そう思て、アパート行ったのに、留守で……。加ノ原くんが短気起こしてへんかと思て心配で」

そう言う神原は涙目だった。

いつも穏やかに笑っていて、感情の起伏が、薄緋とはまた違う意味であまりなさそうな神原しか知らない秀尚にとっては、とても意外だった。

「すみません。実家に帰ったりしてて……あと、電話なくしちゃって、新しいのにしちゃったから電話番号とかも変わっちゃったんです」

説明すると、盛大なため息をついた。

「せやったん……。何でそんなタイミングで携帯電話なくすん？」

「いや、それは俺が言いたいです。完全に弱り目に祟《たた》り目なんで」

そう言うと、やっと神原は笑って立ち上がった。

「あんまり弱ってへんようにも見えるけど……」

そう言ってから、真面目な顔に戻って続けた。

「俺、加ノ原くんの試作品の写真、持ってんねん」

「え……？」

「試作品作った時のやつ。ちゃんとしたやつと、メガ盛り、とか言うて遊んでたやつとか。あれをチーフに証拠として見せようと思てる」

「そう……だったんですか」

秀尚にその記憶はない。神原が写真を撮ったというその時、他のことをしていて気を向けていなかったのだろう。

「でも、いいです。俺、もう退職するって決めてるんで」

「退職て、なんで！　やめるんやったら加ノ原くんと違《ちご》て八木原さんやろ？」

神原が噛《か》みついてくる。

「ヤケを起こしてるとか、嫌になったとか、そういうんじゃないんです。他にやりたいことができたんで、そっちで頑張りたくて。もうチーフにも相談して、了承してもらってます」

秀尚の言葉に神原は、納得ができない、という顔をしたが、すぐに聞いてきた。

「もう、決まった話なん？」

「はい」

「……分かった。せやけど、チーフに写真は見せる。加ノ原くんのためやない。俺がキレてて我慢できひんだけやから。それは、止めんといて」

「神原さんの立場が、悪くなりませんか？」

自分はもう退職するから、どうなろうとかまわない。

けれど残る神原には何かとわずらわしいことがあるかもしれない。

八木原には、それなりに仲間がいる。

彼らとの摩擦《まさつ》が起きて、神原が理不尽な思いをするのだけは嫌だった。

「立場が悪ぅなっても、不正を見逃して、ずっと後ろめたい気持ちを引きずるほうが嫌や。ごめん、これだけは譲られへん」

そういった神原の目は、これまでに見たことがないくらいに強かった。

——俺かて、怒る時は怒んねんで？——

——七十年に一回とか、そういうスパンで、ですか？——

——竹の花が咲くくらいのスパンでたとえられると思わんかった——

そんなふうに笑って話したことがあるのを、ふっと思い出した。

「……はい。神原さんの好きにしてください」

笑いながら言うと、神原は、「加ノ原くん、休みの間に、ちょっと頭強めに打った？」と聞いてきて、この人も結構言う人なんだなと、初めて知った気がした。

◇◆◇

年が明け、お正月も終わった頃、秀尚はすっかり新しい仕事に馴染んでいた。

「よかったわぁ、ここの店、継いでくれる人いてて」

「この味、親っさんの時のままやな」

客がうどんを食べながら言う。

「前のオーナーに、秘伝の出汁を継がせてもらったんです」

秀尚は笑顔で客に返す。

秀尚の「やりたいこと」は、あわいの地へ行く前に立ち寄った食堂を継がせてもらうことだった。

実家から帰ってきたその足で再び食堂を訪れ、またうどんを食べた。やっぱりおいしいと感じて、思い切って、店を継がせてほしい、と切り出したのだ。

最初、老夫婦は冗談だと思っていたのだが、秀尚がホテルで働いている料理人であることを告げると、本気だと理解してくれたが、いい顔はしなかった。

理由は、秀尚を信用できないというよりも店の採算について心配してのことだった。

『わしら夫婦二人やったら、年金もらいながら細々とでも続けてこられたけどな。前にも言うたとおり、神主さんがおらへんようになって、参拝するお客さんも減った。正直、経営は厳しいで。ホテルにいてたほうが絶対に安定した生活できる』

と、身内を心配するように言ってくれた。

それでも、と食い下がる秀尚は、ホテルをやめることができたら、と条件を出され、退職が決まって再び行くと、そこまで言うなら、と折れてくれた。

ただ、本当に秀尚のことを心配してくれて、店舗は買い取りではなく、格安の家賃で貸してくれることになった。それから機材なども秀尚が使うのなら好きに使っていい、とも。

この店は、二階が住居スペースになっていて、昔はここに住み、子育てをしながら店をしていたらしいが、今は車で十五分ほどのところに別に家を持ち、そこで暮らしているそうだ。

『それでも、やっぱりここはいろいろ思い出があるから、誰も人が来んようになって、ゆっくり朽《く》ちていくんかと思うと、忍びない気持ちもあってなぁ……』

と、秀尚のことを心配しながらも、安堵してくれていた。

老夫婦が店を閉める時に、店名などは変わるが、この店は引き継いでくれることになっていると宣伝してくれたおかげで、元々の常連客が様子を見に来てくれたりしている。

それに、チーフや神原が、SNSなどで宣伝してくれていることもあって、客足は上々だ。

老夫婦から受け継いだうどんやそばの味も、新たに出しているメニューも喜んでもらえていて、まだ少ないが、リピーターもできた。

もちろん一人での切り盛りは大変なこともあるが、ホテルにいた時とは違う充実感がある。

ホテルといえば、あのレシピは、数日後、レシピ開発者の名前が削られたものが再掲示され、『応募にあたり不正があったため、開発者名は削ることとする。ただし、新規メニューとしての採用は変わらない』と書かれていたため、厨房内はしばらくざわついていた。

もちろん、秀尚が八木原にレシピを盗作しただろうと詰め寄った件はみんなが知るところだったため、秀尚にいろいろと聞いてくる人はいたが、知らぬ存ぜぬで通した。

八木原も同じくだったが、チーフに叱責されているところを見た、という者が出てきて、かなり旗色は悪そうだった。

それに神原は、

「ほんまに実力のある人やったら、みんなこれからでもついていくと思う。正念場やな、あの人も」

と、言っていた。

——大人しい人ほど怒らすと怖いっていうけど、多分、あれ、神原さんみたいな人のことだな。

言葉には出さないが、しみじみとそう思ったのだった。

その神原は、店がオープンしてから、すでに三度、来てくれていた。

というか、オープン前の店の改装も休みのたびに来ては手伝ってくれた。

意外なことに、神原はＤＩＹが好きで、プロ仕様の道具を持っていたりするほどだったため、手伝ってくれたのだ。

おかげで店は前のレトロな雰囲気を残しながらも、ちょっとおしゃれな店構えになった。

そして、店の名前は「加ノ屋《かのや》」にした。

いろいろと考えたが、あわいの地で子供たちが「かのさん」と呼んでくれていた声や様子が懐かしく思い出されたからだ。

——みんな、元気にしてるかな……。

毎日、どうしているだろう？

残してきたレシピは、少しでも役立ってるだろうか？

そんなことが、折に触れて気になった。

もう、夢のように思えることもあるが、叶うなら、もう一度会いたい。

会って、ちゃんとできなかったお別れの挨拶をしたい。

それがずっと心残りだ。

けれど、もう多分会えないんだろうなと思う。

――落ち着いたら、どこかの稲荷神社に一度行ってみよう。

伝言を頼めば、もしかしたら伝わるかもしれない。

そんなふうに思いながら、秀尚は忙しい日々を送っていた。

「あー、今日も寒いっ！」

朝、二階の住居スペースから仕込みのために階下の店舗に下りてきた秀尚は、厨房の寒さに身震いした。

調理を始めればそのうち部屋は暖《あたた》まってくるのだが、とにかく毎日最初が寒い。

しかし、じっとしているとさらに寒いので、とにかく体を動かすことに決め、

「さあ、仕込み仕込み！」

自分に気合を入れるように言って、秀尚は冷蔵庫の扉を開けた。

その瞬間、中から何かが飛び出してきた。

「え……？」

入れていた食材でも転がり落ちてきたのかと思ったが、すぐに違うと分かった。

「……！　かのさん！」

「かのさん、みつけた！」

「みつけました！」

飛び出してきたのは浅葱と萌黄だった。

それだけではなく開け放したままの冷蔵庫から次々に子供たちが飛び出してきて、あげく仔狐も飛び出した。

「え、何？　なんで？」

「やったー！　かのさんだ！」

「かのさん、あえたー！」

秀尚の質問に答えるどころか、子供たちと仔狐は秀尚の回りできゃっきゃと駆けまわったりピョンピョンと跳ねたり、お祭り騒ぎだ。

「ちょっと待て、ほんと、ちょっと待って」

パニックになって、何が何だか分からない秀尚の目の前で、冷蔵庫の隣にあった業務用冷凍庫の扉がバンッと開いた。

「さっむ！　この中さっむ！」

身震いしながら飛び出してきたのは、ひょろいイケメン稲荷の陽炎だ。

「何、この中！　ゆきんこちゃん何人分？」

陽炎は秀尚を見るなり冷凍庫を指差し問う。

「知りませんよ、そんなの。ていうか、何なんですか、一体！」

正直、めちゃくちゃカオスで、しばらく秀尚は茫然《ぼうぜん》とするしかなかった。


すると、ちょっとした座敷席になっている畳スペースに落ち着いた子供たちと陽炎にお茶を出した後、秀尚は聞いた。

「で、一体、何でこんなことになってるんですか？」

「えっとねー、もえぎちゃんがねー」

「そのまえにかのさんがきゅうにかえっちゃったから…」

「ごはん、またまえみたいで」

子供たちが一斉に話しだし、聞き取ることは困難だ。

「はい、分かった分かった。まず、俺が話すから」

陽炎が子供たちを制し、説明を始めた。

「おまえさんが帰っちまった後、こいつらがずっと泣きどおしでな。会いたい会いたいってしくしくモード全開だ。それで、同情しちまった稲荷が口を滑らせたっつーか……、まあ時空の扉を開く概念みたいなもんを教えたらしい。教えたっつっても、あれだぞ？　本宮のほうの養育所で教えてる、本当に子供だましなやつだ。『いつか頑張って会いに行けたらいいねー』的な」

「でも、しっかり扉、開けてんじゃないですか」

秀尚が突っ込むと、

「それがこいつらの怖いところだよ、悪知恵を働かせやがった。おまえさんに繋がるものを依《よ》り代《しろ》にして、無理矢理扉を開きやがったんだ。……萌黄、出しなさい」

陽炎は説明しつつ、萌黄に何かを催促した。

萌黄は、秀尚と陽炎の顔を交互に見た後、懐から何かを取り出した。

それは、秀尚が向こうに忘れてきた携帯電話だった。

「……あのね、これをもって、いっしょうけんめいみんなで、おいのりして、かのさんにあわせてくださいって、おしえてもらったじゅもんをとなえたんです」

「なんかいもやったけどだめで、やっとせいこうした！」

萌黄の説明を遮《さえぎ》って、浅葱が自慢げに言う。

「おまえさんが持ってきたものには、おまえさんの気配が残る。それが糸になって繋がったってわけだ。それに、このあたりは人界の本宮からそう遠いわけでもないからな。その力もあったんだろう」

「……説明ありがとうございます、八割がた、さっぱりですけど」

術のことは正直分からないので、そう言うしかない。その返事に陽炎は笑った。

「やっぱり、おまえさんはおまえさんだな」

そう言った後、

「で、ここはなんだ？　おまえさんの家か？」

店内を見回し、言う。

「確かおまえさん、ホテルに勤めてたんじゃなかったか？」

「やめたんです」

秀尚があっさり返すと、陽炎はおもしろい、といったような顔をした。

「やめた？　あの盗人《ぬすっと》と何かあったか？」

「いえ、それはカタがついたっていうか……」

秀尚は神原が証拠を持っていて助けてくれたこと、けれどその時にはもう、ホテルをやめてここで店をする決心があったこと、前の店主がとてもいい人であることなどを話した。

「なるほどねぇ。小さいながらも一国一城《いっこくいちじょう》の主《あるじ》ってわけか」

「借家ですけどね、まあ、そうです」

秀尚がそこまで言った時、

「かのさん、またかのさんのごはんたべたい」

今まで黙って説明を聞いていた豊峯が、説明が一段落したのを感じ取ったのか、自分の

主張を始める。すると、

「ぼくも！」

「かのさんのごはんがたべたいです！」

子供たちが口々に訴える。

「簡単なレシピ、残していったんだけど、あれは、使えてる？」

まず、それを問うと、

「うん……。でも、かのさんみたいに、おいしくつくれないです」

ションボンとした顔で萌黄が言い、

「かのさん、いっしょにかえろ？　それで、またいっしょにあそんだりしよ？」

浅葱が続ける。

「すーちゃん、いっしょ、する」

その中、一人見覚えのない子供が、言った。

人の姿の子供たちの中でもひときわ小さく、天使のようにふわっと緩くカールした髪をした愛らしい子供だ。しかし、まったく記憶になかった。

「……え、誰、だっけ？」

他の子供の顔は全員分かる。だがその子だけが分からなかった。

「すーちゃんです！」

萌黄が言う。

「えっ！　すーちゃんなのか？　すーちゃん、子供の姿になれるようになったんだ。すげぇ！」

秀尚が言うと、寿々はちょこっと立ち上がり、秀尚のすぐ近くに来て、

「すーちゃん、かのさん、すき。いっしょ、したい」

まだうまく話せないのか舌ったらずな声で言う。

「すーちゃん、ありがとなー」

頭を撫でてやると、耳と尻尾が嬉しそうにフルフル揺れる。

「だから、いっしょにかえろうよー」

「うすあけさまも、まってます」

子供たちから「いっしょにかえろ」コールが起こる。

——あー、なんかこういう感じ、昔映画で見たなー。肩にオウムかなんか乗せたい気分になるなー。

そんなことを思いながら、

「ありがとうな。けど、丁重にお断りします」

はっきり告げる。

が、それで引き下がるような子供たちではなかった。

「やーだぁぁー！」

「いっしょにかえるのー！」

「かのさんのごはんがいい――！」

「おべんとうのからあげより、かのさんのからあげがいいです！」

「みそしるも、おゆでとかすのじゃなくて、かのさんのがのみたいー！」

具体的かつ、切実な訴えが混ざり始める。

それに陽炎は苦笑しながら言った。

「おまえさんが帰ってから、食事事情がまた貧しくなってな。あと、稲荷の中にもおまえさんの飯を恋しがる奴が多いんだ」

「ありがたい話ですけど、俺、この店の主で、気軽に向こうへ行くのは無理なんで、お断りします」

秀尚が返すと、陽炎は頷いた。

「ああ、おまえさんの事情は分かる。だがな、おまえさんの飯に飼い慣らされた俺たちの胃がなかなか宥められてくれないもんでねぇ。そこで一つ、相談だ」

「ろくでもない予感しかしないんですけど……」

「まあそう言わず、聞くだけ聞いてくれないか」

そう言うので、秀尚は頷いた。

「この近くの神社、察するところ、あまり参拝客がいないようだな」

「あー、はい。神主さんが何年か前に亡くなって、今は週末によそから神主さんが来てくれてるみたいですけど……」

「なるほど……。ちょうど、末社に稲荷社があるな。本殿の祭神と話をつけて、この周辺一帯を稲荷で守りを固めさせてもらう。おまえさんのこの店も守りの中に入るから、災厄から逃れられることになる」

「はぁ……」

「稲荷は商売繁盛も司る神だ。おまえさんのこの店も、いい感じに繁盛することになるだろう。その代わり、おまえさんの飯を食わせてはもらえないか？　その飯が俺たちへの供《く》物《もつ》代わりってことだ。悪い話じゃないと思うが」

これはどう返事をするのが正解なんだろうかと秀尚は悩む。

だが、その時、期待で目をキラキラさせて秀尚を見る子供たちと視線が合ってしまった。

――あー……、これ、ダメなパターンだな…。

そう思いつつも、自分が勝てないのは理解できた。

「……分かりました。人間の客がいない時間になら、来てくれていいです」

その言葉に子供たちは飛び跳ねて喜び出す。

「待って！　ちっちゃい子たちは、ちゃんと薄緋さんの許可が出た時だけ来ること！」

急いで付け足した言葉にブーイングが起きたが、

「その代わり、ご飯は毎日準備して、届くようにしてもらうから」

それを聞くと、渋々、といった様子ながら承諾した。

正直、食材のことやらなにやら考えると、いろいろと採算的に難しい気はするが、いい感じに繁盛させてくれるという陽炎の言葉に期待するしかない。

「納得ってことでいいか？」

「はい」

「じゃあ、契約だ」

陽炎がそう言って手を差し出してくる。

その手と、秀尚は迷うことなく握手を交わした。

◇◆◇

陽炎と契約した日の夜から、以前の居酒屋に来ていた稲荷が閉店後に姿を見せるようになった。

一応気を遣って耳と尻尾は消してくれているし、食材については差し入れをしてくれている。

あわいの地の畑で採れた野菜もあれば、以前のように調査で出かけた人界の土地で買い求めた土産などもある。

それらを使ってふるまうので、費用は思ったほどかからなかった。

というか、契約以降「目が回るほどの忙しさ」ではないが、毎日どの時間もまんべんなく客があり、無駄に長く居座る客もなくて、回転がいい。

陽炎が言ったとおり「いい感じに繁盛」している。

——御利益だなぁ、やっぱり……。

そんなことを思いながら、週に一度の定休日の朝を、いつもよりゆっくりと布団の中で過ごしていると、

「かのさーん!」

「かのさん、きました!」

秀尚が寝ている二階の廊下をトタトタと小走りする子供たちの足音がして、スタンッと寝室にしている部屋の引き戸が開く。

「かのさん、おきてー」

「おきてー」

と言いながらどんどん布団の中に入ってくる。

子供たちが来ていいのは、秀尚に予定の入っていない店の定休日、と言い渡してあり、薄緋に前もってこちらの予定を伝えてあるので、今のところ、それをちゃんと守ってくれている。

「朝飯は向こうで食ってきただろー？　もうちょい寝かせて？」

「じゃあ、いっしょにねるー」

「ねます」

などと言いながらも、キャッキャと騒ぎ始めるので寝ているどころではなくなり、結局秀尚は起きてしまった。

「もー、おまえらは。目ぇ覚めちゃったじゃん」

そう言いながら伸びをして、洗面などをすませに一階へと向かう。

二階にもトイレはあったのだが、壊れてしまっていて使えないので、今は客と共用だ。そのうち余裕ができたら修理する予定だが、水周りは意外と金がかかるので、もう少し先になるだろう。

「まずはトイレ、と……」

呟いて、トイレのドアを開けた秀尚は固まった。

そこにあるはずのトイレがなかった。

その先は見慣れた、「萌芽の館」の子供部屋だった。

「ちょ！　誰！　今回扉開けたの！」

大人の稲荷が開けた扉なら、どこに扉が開こうとも、人界から向こうへの出入りはできない。

なのに、トイレがない。

トイレの扉とリンクしてしまっても、トイレはトイレとして使用できるはずなのだ。

「きょうは、ぼくがあけたー！」

階下に下りてきた浅葱が自信満々で言う。

「頼むから、扉の場所、変えて！　トイレ、ここしかないんだから！」

トイレに行く気満々だったので、いろいろ切羽詰まってしまう。

「えー！　そんなの、やりかたわかんない」

「分かんない、じゃねぇよ！　マジで！」

「だって、ほんとにわかんないもん」

浅葱が困った顔をするが、本当に困っているのは秀尚だ。

「じゃあ、館へ戻って、薄緋さん呼んできて！」

「えー…せっかくきたのに」

「薄緋さんを連れてきてくれたら、またこっちで遊べばいいから！　はい、行って！」

秀尚は、半ば無理やり浅葱を向こうへと送りだした。
その後、浅葱に連れられてやってきた薄緋が、トイレを使えるようにしてくれるまでの数分、秀尚は成人男子としての尊厳をかけた戦いを余儀なくされたのだった。

おわり

本書は書き下ろしです。

SH-041

こぎつね、わらわら 稲荷《いなり》神《がみ》のまかない飯《めし》

2018年11月25日　第一刷発行
2021年 2月25日　第四刷発行

著者　松幸《まつゆき》かほ
発行者　日向晶
編集　株式会社メディアソフト
〒110-0016
東京都台東区台東4-27-5
TEL：03-5688-3510（代表）/ FAX：03-5688-3512
http://www.media-soft.biz/
発行　株式会社三交社
〒110-0016
東京都台東区台東4-20-9　大仙柴田ビル2階
TEL：03-5826-4424 / FAX：03-5826-4425
http://www.sanko-sha.com/

印刷　中央精版印刷株式会社
カバーデザイン　小柳萌加、長﨑 綾（next door design）
組版　大塚雅章（softmachine）
編集者　長塚宏子（株式会社メディアソフト）
長谷川三希子、川武當志乃、
福谷優季代、菅 彩菜（株式会社メディアソフト）

ISBN 978-4-8155-3512-4